即死チートが最強すぎて、
異世界のやつらがまるで相手にならないんですが。
Illustration:成瀬ちさと

藤孝剛志
Illustration
成瀬ちさと
即死チートが
最強すぎて、
異世界のやつらがまるで
相手にならない
んですが。
8

contents

ACT1

ACT 2

Character

Tomochika Dannoura

高校二年生。夜霧のクラスメイト。見た目は美少女で胸も結構大きいが、言動で残念がられているツッコミ担当。夜霧と同じく《ギフト》のインストールは受け付けなかったが、壇ノ浦流弓術という弓術から派生した古武術を習得している。

Yogiri Takatou

高校二年生。常にやる気なさそうな感じで学校では寝てばかりいたが、真剣な表情をすると、意外とイケメン。この世界特有の力《ギフト》のインストールは受け付けなかったが、元の世界にいた時から《即死能力》を持っていた。別名AΩ《アルファオメガ》。

Asaka Takatou

難航していた就職活動中、『独立行政法人高次生命科学研究所』という怪しげな研究所の面接を受け、そのままなし崩し的に就職してしまった女子大生。長い髪を普段は後ろでまとめて一括りにしている。就職先でAΩ《アルファオメガ》と出会い、夜霧と名付けた。

Mokomoko Dannoura

知千佳の先祖で背後霊。平安時代の幽霊で、壇ノ浦流弓術中興の祖……らしい。知千佳の姉にそっくりな容姿をしており（かなり太っている）、衣装は白い狩衣《かりぎぬ》っぽい着物を着ている。なにげにデジタルテクノロジーに精通している。

Ryouko Ninomiya

夜霧たちのクラスメイト。実は夜霧を隔離していた『研究所』から派遣され、夜霧の監視任務についていた。スマホに夜霧の監視ツールがインストールされている。元の世界では忍者だが、こちらの世界でのクラスはサムライで、戦闘時は羽織袴に二本差し。

Enju Sumeragi

夜霧がまだ朝霞と独立行政法人高次生命科学研究所の隔離施設で暮らしていたころ、一時期そこに避難していた少女。夜霧が固執する数少ない人間の一人。そのため対夜霧用に彼女の姿を模したロボットが作られた。日本を裏から統べているという皇家の一族。

Daimon Hanakawa

夜霧たちのクラスメイト。以前も召喚されたことがあり、回復術士《ヒーラー》としては最高レベルの九十九だが、これは人間としての種族限界で、この世界ではそれほど強くはない。小太りなオタクで、ござる口調で喋る。それとは別に、性癖がキモイ。

Carol S. Lane

夜霧たちのクラスメイト。高校入学に合わせて日本にやってきたアメリカ人。諒子と同じく夜霧の監視任務についていたが、所属は『機関』。こちらの世界でのクラスはニンジャで、戦闘時は赤いニンジャ装束を着て額当てを着けている。武器は忍者刀。

Character

Haruto Outori

夜霧たちのクラスメイト。実は代々異形の血を受け継いでいる鳥の獣人。背から翼を生やし空を飛ぶことができる。王都ではほとんどのクラスメイトが死んだ中、重傷を負っていた春人は翼があったことでザクロという神に助けられ、その手伝いをしている。

Shigeto Mitadera

夜霧たちのクラスメイト。こちらの世界でのクラスは預言者《オラクルマスター》。運命を予見する能力だが、預言書が示すのは攻略情報のようなもので、イレギュラーな状況を知ることまではできない。賢者を倒すため、世界剣オメガブレイドを手に入れようとしていたが……。

Kouryu

マルナリルナに敗れてこの世界の神の座を追われた旧神の一人。十二人いた降龍も現在は彼一人となっているため、種族名を名乗っている。普段は少年の姿だが、東洋風の龍の姿にもなれる。夜霧を利用してマルナリルナを排除し、世界の管理権を奪取した。

MalnaRilna

マルナリルナ教の主神。この世界を支配していたが、夜霧に興味を持ち、最初は使徒に夜霧を殺させようとしたもののその後直接殺そうとして、まずリルナが夜霧に殺される。さらにマルナも降龍の術中にはまって死ぬが、神なのでマルナはいずれ復活する。

即死チートが最強すぎて、異世界のやつらがまるで相手にならないんですが。

ACT 1

1話　どうせこの世界が滅びちゃうなら、好き勝手やることにしました！

暗い海の底へとゆっくり沈んでいく。

マルナにとっての死とはそのようなものだった。

水面の向こうに、今まで生きていた世界が見えている。だが、もうその世界に干渉することはできない。

それが見えているのもいつまでのことか。やがては何も見えなくなり、闇に包まれるだろう。

「あー、もう！　悔しい！　悔しいったらない！」

油断していた。何もできはしないと高をくくっていた。言い訳はいろいろとあるが、してやられたとしか言いようがない。

どうにかしてやり返してやりたいと思うが、復活できるまでこの怒りと悔しさを維持できるのかはわからなかった。

神々にとって死とは全ての終わりではない。

だが、かなりの期間何もできなくなってしまうのだ。

降龍《こうりゅう》とミランダ。

彼らは神に等しい存在だろう。マルナが復活した際にも生きている可能性はあるので、復讐する機会はあるかもしれないが、そのころにはどうでもよくなっているかもしれなかった。

「つーか、あいつらはどうでもいいっちゃいい！　腹が立つのはあいつじゃない！」

手を下したのはミランダで、そのきっかけを作ったのは降龍だ。

だが、付けいられる隙を生んだそもそもの原因は、高遠夜霧《たかとおよぎり》だった。

復讐するなら、相手は高遠夜霧であるべきだ。

だが、高遠夜霧に復讐できる可能性はまったくない。

特殊な力を持っているのかもしれないが、あれは人間だ。マルナが復活したとしても、とっくの昔に寿命を迎えているはずだった。

「けどまぁ……どうしようもないんだけどね……」

完全に舐めきっていた。

それが故に、あっさりと足を掬《すく》われた。

次の機会があるのなら、最初から全力で、万全の態勢で葬り去る。

たかが人間と油断することなく全てを調べ尽くして、対応策を練ってから事にあたるだろう。

だが、今さら足掻いたところでどうにもなりはしなかった。

マルナは死んだのだ。

そう受け入れるしかなかった。
「となると暇なんだけど、どうしたものかな……」
あたりを見回しても闇しかない。
なので必然的に、元いた世界を見上げるしかなくなる。
今ならまだ、それなりの解像度で世界を観察することができた。
『もしもーし！　マルナ様ー』
『リルナ様ーー！』
『かか様ーー！』
『神ねえさまーー！』
『主上ーー！』
『マル姉ーー！』
『リルっちーー！』
呼びかける声が聞こえてきて、マルナは声の発生源に焦点を合わせた。
水面に、美しく愛らしく幼い少女たちの姿が映し出された。
「あの子たち……。いい加減、呼び方は統一しろって言ってたのに……」
それは、マルナとリルナが己の力を分けて作り出した天使たちだった。
神の手足となり、その意志を人間たちに伝える神の代行者だ。

だが、いくら神に次ぐ力を持っているとはいえ、今のマルナを認識できているわけではない。

死は決定的に世界を分かつ現象であり、あの世とこの世のどちらからも干渉はできないのだ。

『マルナリルナ様がどうなってるのかはわかりませんけど、聞いておられると勝手に思って、一方的にこちらの情報を伝えておきますねー』

『たぶん、この世界もうだめですー』

『マルナリルナ様が施した封印が解けて、女神の欠片が復活しましたー』

『あれ？　女神って言うと、神ねえさまも女神なんじゃ？　神ねえさまの欠片ってどういうこと？小指とか？』

『どういう発想なの！　こわっ！』

『あぁ。あれは、その名を呼ぶことも憚《はばか》られるので、とりあえず女神と呼ばれてるんですよー』

マルナとリルナが死ぬことで、彼女らの存在を基点として施していた封印が解けるのは当然のことなので、今さら驚きはなかった。

マルナリルナは強力な敵対存在を殺さずに封印して、その力を継続的に吸収していたのだ。

封印の目的が生かさず殺さず力を搾取《さくしゅ》することだったので、マルナたちが死んで吸収が途絶えれば、それらの存在は力を取り戻す。封印から解き放たれるのだ。

『ここにあるかなー。とりあえず探しとくかー。ってやってた侵略者《アグレッサー》のみなさんも、当然気付いて本腰入れてくると思います！』

『欠片を回収にきたほうはいいとして、欠片を滅ぼしにきたほうは、ここにあるとわかればもうこの世界なんて知ったことではないでしょうし、世界をまるごと滅ぼそうとしても不思議ではないですね』

『なので！　どうせこの世界が滅びちゃうなら、好き勝手やることにしました！』

天使たちはマルナリルナからは独立した存在なので、このまま生きていくことは可能だろう。

だが、その存在はあくまでマルナリルナを補助するためのものであり、マルナリルナが死んだとあっては、存在意義がなくなってしまう。

つまり、自暴自棄になって無茶なことをしでかしはじめても、不思議ではないのだ。

『とりあえず、高遠夜霧って奴は、こっちでどうにかしちゃいますね！』

『もうこいつ許せないじゃないですか！　このままじゃ神の沽券に関わるじゃないですか！』

『ですが、マルナリルナ様が負けた？　とかだと私たちじゃあどうにもならない可能性があるので』

『とりあえず、マルナリルナ様の名のもとに高遠夜霧を殺せって通達を信者の人々に出しました！　枕元に立って神々しい感じで神託を下しちゃいましたよ！』

『みんな張り切っちゃうんじゃないですかね！』

『マルナ様も刺客を送り込むとかやってましたけど、今度は質より量って感じです！』

『嫌がらせにはなるかと思います！　信者さんいっぱい死んじゃうかもしれませんけどね！』

『けど、マルナリルナ様がいないのに信者だけいても意味ないですし、いいですよね！』

『あと、この世界の奴らだけだと駄目かもしれないので、別の世界にも暗殺依頼を出してみました』

『暗殺の相場とかよくわかんないですけど』

『マルナリルナ様が貯め込んでた共通信用通貨《クレジット》がありますから、どうにでもなります。死んじゃったからいらないですよね！』

「ちょっ！　何やってくれてんの!?」

資産運用は天使たちに任せていた。

なので彼女らがその気になればやりたい放題にできるのだが、死後にこのようなことになるとは思ってもみなかった。

いつになるかはわからないが、復活した際に残していた資産は使えると思っていたのだ。

『まあ、何やっても駄目。という可能性もあるんですが、その場合はこの世界を大爆発させようかと思ってます。さすがに、世界が潰れたら一緒に死んじゃうと思うのですよ』

『どうせ滅びるならいいよね！』

「よくない！　滅びるってそーいう意味じゃないから！」

それでは、マルナが復活した際に基盤となる世界がなくなってしまう。

マルナは、復活したらどうにかして世界を取り返そうと思っていたのだ。

『世界の管理権は、降龍って人に盗られちゃってるので、私たちは世界の核を目指してみます。直接刺激を与えたら暴走したりするんじゃないでしょうか』

『あと、主上から神の座を奪った奴については、私たちではどうしようもないのでマルナ様のお母上にどうにかしてもらいます！』

「やめてぇ！　ママは関係ないからぁ！」

マルナリルナを創造した、母と呼べる神がいる。

不始末の尻拭いを親にさせるなど、恥辱でしかない。神といえどもそのあたりの感性は人とさして変わりはなかった。

『ママ上が降龍をやっつけたら、世界の管理権が戻ってくるので、それで世界を爆散させるのがてっとり早いかも！』

『マルナ様、こういうの好きですよね！』

「それは人の世界だったらするかもしれないけど！　自分の世界まで壊さないよ！」

天使たちはマルナリルナの分身のようなもので、思考パターンも似たものになっている。

マルナたちの考えそうなことをよくわかっているのだ。

『あと、何か報告事項ありましたっけ？』

『他にも封印解けちゃってるのあるようですけど、全部把握してられないので』

『まあ、今さら何が蘇ろうとどうでもいいですよね』

『ではー!』

一方的に言って、天使たちの姿が消えた。報告を終えてどこかへ飛んでいったのだろう。

マルナが元の世界を見ることができるといっても、もう自由自在とはいかない。

天使たちからの呼びかけがなければ、天使たちのいる座標に視界を合わせることはできないのだ。

「まぁ……暇は暇だし、のんびり見上げてればいいんだけどさ」

天使たちが何かをする気なら、どこを見ていても何かしらの影響が出て、それとわかるだろう。

とりあえずは、そうやっているしかない。

「……そういえば、リルナはどこに……」

そう時をおかずに死んだので、近くにいても不思議ではなかった。

リルナは先に死んだので、いるとすればマルナよりも深層にいるはずだ。

マルナは闇の底へと目を向けた。

そこにあるのはただの闇だが、何かがあればわかるはずだった。

この場での光も闇も主観的なものでしかなく、暗いから見えないというものではないからだ。

だが、ここにいるのはマルナだけだった。

どれほど目を凝らそうと、マルナは何者の姿も見いだすことはできなかったのだ。

2話　ふざけんなでござるよ！　なんで拙者のもとには美少女がやってこないんでござるか！

夜霧たちは、エルフの森と呼ばれている熱帯雨林のごとき森の中を歩いていた。

もこもこの操る槐《えんじゅ》が先頭で道を切り開き、その後ろを壇ノ浦知千佳《だんのうらともちか》、高遠夜霧、花川大門《はなかわだいもん》が並んで歩いている。

大樹で形作られた六角形の中心部にある建造物群へと向かっているのだ。

マルナリルナがやってきたのがそこまで残り一キロほどの地点だったので、それほど遠くはないはずだった。

「いやあ高遠殿ならマルナリルナであろうときっとなんとかしてくれる！　そう思っていた拙者の慧眼《けいがん》に間違いはなかったでござるね！」

「俺たちが負けても現状維持だったんじゃないか？　そのままマルナリルナに媚《こび》を売るつもりだったろ？」

「そ、そそそ、そんなことはないのでござるが？」

なぜかピエロのような格好をしている花川は、あからさまな態度で目をそらした。

「そういや、なんで花川はそんな格好なの？　趣味なの？」

「今さらでござるか！　賢者ヨシフミに無理やり着させられたのでござるよ！　いくらファッションセンスが不自由な拙者でも、さすがにこれは好きで選ばないでござる！」

「ヨシフミ？　花川は賢者のところにいたのか？」

花川は突然、夜霧たちの前に現れた。

夜霧は花川がどこからやってきたのかに興味を持っていなかったが、ヨシフミのもとにいたのなら訊かずにはいられなかった。

こうやって森の中を彷徨《さまよ》っているのは、ヨシフミのもとに向かうためだからだ。

「そうでござる。捕らえられて散々な目にあっていたのでござるよ」

花川は、王都で別れた後のことをぺらぺらと語りはじめた。

丸藤彰伸《まるふじあきのぶ》、三田寺重人《みたでらしげと》、九嶋玲《くしまれい》に出会ってエントまで連れてこられて、ヨシフミの手下にされて、エルフの森に連れてこられてしまうという、状況に流されっぱなしの長い話だった。

「え？　九嶋さんたちは王都で見かけなかったけど、別行動してたの？」

どこかで死んだとばかり思っていたのだろう。知千佳が驚きの声をあげた。

「バスを出て最初の街までは一緒だったでござるが、そのあたりで行方をくらましたようでござるね」

「ということは、クラスメイトで生き残ってるのって、私、高遠くん、花川くん、キャロル、二宮《にのみや》さん、丸藤くん、三田寺くん、九嶋さんで八人ってこと？」

「丸藤殿はおそらく死んでるので、七人でござるかね？」

「うーん、みんなで協力できたらいいんだけど……」

「花川は帰りたいとは思ってないんだろ？」

「いやぁ、帰れるものなら、帰りたいと最近では思うのでござるが……その、あまりにも思っていた状況とは違うものでして……」

「そうか。頑張ってくれ」

「ちょっ！　ここはクラスメイトの生き残り全員で帰還するぜ！　って決意を新たにする場面かと思うのでござるが！」

「余裕があったら考えるけど、最優先課題は俺ら二人の帰還だ。他の奴らの面倒までは見切れないよ」

　賢者の石を用いて帰還できるとのことだったが、必要数はよくわかっていない。

　賢者の石の入手には様々な困難が待ち受けているだろうし、求めれば求めるだけ巻き込まれて人が死んでいくだろう。

　夜霧は必要であれば力を使うことに躊躇《ため》いはないが、あまり親しくもないクラスメイトのために無理をするつもりにはなれなかった。

「さすが、高遠殿……。クラスメイトであろうとあっさり見捨てると言ってのける。そこに痺れない、憧れないでござるよ！　もう少し人情というものが欲しいのでござるが！」

「まあ……正直なところ、人のことまで考えてる余裕はないよね……」

　割り切っているのか、知千佳もそんなことを言いだした。

「知千佳たんには、もうちょっとこう！　お花畑な思考とあっさーい正義感でトラブルを巻き起こすようなヒロインムーブを期待したいのですが！」

「そんなこと言われてても、まずは自分の命が最優先なんじゃ」

「壇ノ浦流は仲間を助けるといった思考はせんからな。仲間のことなど考えずにそれぞれが最善を尽くせば結果的に全員が助かる。と、こう考えるわけだ」

　障害物を斬り裂きながら、槐が言った。

「あの。そういえば、先を行くちょいロリテイストの美少女な方はいったい？」

「説明がめんどくさいな……皇《すめらぎ》槐っていうロボットだよ。なんかいきなりやってきた」

　知千佳の守護霊のもこもこが操っている、などと説明して納得させるのも面倒だった夜霧は、適当にごまかした。

「なんなんでござるか！　どいつもこいつも！」

　花川が突然キレたが、夜霧には何のことだかさっぱりわからなかった。

「やれ、能力で生み出した預言書が唐突に美少女になっただとか！　どっからか美少女ロボが湧いて出たとか！　ふざけんなでござるよ！　なんで拙者のもとには美少女がやってこないんでござるか！　ちょろっと能力を見せただけで『さすがです、ご主人様！』って胸を押しつけてくるような美少女奴隷がやってきたりしても、バチはあたらんのでござるよ！」

「そんなこと言われてもな……あ。花川は召喚能力を手に入れたんだろ。それで美少女を喚《よ》んだりできないの？」

「そんな都合良くいくわけが……いくわけ……あれ？　もしかしていくのでござるか？　なんでも召喚なわけでござるし？　いや、でもこれは召喚を拒否されると発動できないわけでして。自分で言うのもなんですが、拙者なんぞの召喚に応えてくれる美少女などいるわけが……」

「なんでも召喚なんだろ？　だったら花川みたいなのが好みのタイプな美少女って条件で召喚すればいいだけなんじゃ」

「ははぁ！　そう言われればそうですな！　ではさっそく……」

花川が能力を使うべく集中を始める。

だが、そんな余興に付き合う義理は夜霧にはなかった。

「え？　いや、なんでさくさく先に進んでしまわれるので？　拙者の召喚に興味はないでござるか？」

「無茶苦茶急いでるってわけでもないけど、花川の嫁探しに付き合ってるほど暇でもない」

「わ、わかったでござる！　とりあえず安全そうな所まではお預けにするでござる！」

花川は慌ててついてきた。

「で、ヨシフミはここに来てるんだよね？」

話が脱線しすぎていたが、花川から聞きたかったのはその話だった。

「ここ……とおっしゃいますと、やはりここはエルフの森でござるか？」

「うん。俺らはそう思ってるけど」

「まあそうなのでしょうなぁ。こんな森がいくつもあるとは思えませんし」

ただの森ならいくらでもあるだろうが、ここは熱帯雨林のごとき魔境だ。どこにでもあるとは夜霧も思っていなかった。

「ヨシフミがどのあたりにいるかはわかる？」

「帝都側から森に入ってまもなく拙者は転移させられましたから、正確な位置はわかりませんな」

「剣を探してるんだろ。どこに向かってるかは？」

「わからないでござる。三田寺殿は何やら知っておるようでしたが」

森の広さは定かではないが、同じ場所にいるのなら出会う可能性はそれなりにはあるだろう。夜霧は心に留めておくことにした。

「しかしエルフの森でござるか。もしかすると美少女エルフちゃんとお近づきになれるかもしれんでござるよね！　美少女召喚をするまでもなく！」

「花川くん……ここのエルフは思ってるようなのじゃないから。ファンタジーに喧嘩売ってる虫だか猿だかみたいな奴だから」

「はて？　拙者が会ったことのあるエルフは、だいたいイメージ通りの美形でしたが？」

「え？」

知千佳が驚愕に固まった。

「うそ！　どこにいたわけ!?」

「拙者が出会ったのは、魔獣の森ですな。そこには見目麗しいエルフの美少女がおりましたが」

「じゃあ、ここにいる奴らはなんなわけ!?」

「あれがエルフだと思ったのは、あいつらの片言の言葉の中にエルフって単語が出てきたからだね」

四本の腕を持つ、蟲のような猿のような生き物。

あれがエルフである確証はなかった。

「だったらまだ期待してもいいのかな！」

「この環境に住んでるのはやっぱりあいつらで、ここには美形のエルフはいない可能性が高いような……」

そう夜霧は思ったのだが、知千佳はもう話を聞いていないようだった。

「しかし、高遠殿はヨシフミ殿に会いたいとのことでしたが、それでなぜこんなところに？」

「東の帝都に行くには森を抜ければいいと思ったんだけど、入ってみたら空間が歪んでて迷いの森みたいになってたんだよ。どうやって出たらいいのかわかんないから、とりあえず中心っぽい所に向かってるんだけど」

「おそろしくいきあたりばったりで――」

言葉が途切れ、花川が立ち止まる。

その胸には矢が突き立っていた。

「なんなのでござるか、これはぁ！」

花川は矢を強引に抜き取った。

「矢が刺さった割には余裕な感じだな」

「拙者レベル99でして、この程度ならまあ。って！　高遠殿は殺意を感じ取れるみたいなのがあるはずでは！」

「ごめん。花川を守ろうっていう発想が皆無だった」

夜霧は、花川に向けられる殺意まで気にしていなかった。

「矢……ということはエルフ！」

「知千佳たんも拙者を心配する気、皆無ですな！」

「どっから飛んできたんだ？」

これほど木々が密集している森では弓矢は使えない。

夜霧はそう考えていたが、そうとも限らないらしい。

「ぬほっ！　つ、次々に矢が！」

花川の身体に矢が突き立っていく。

夜霧たちは、花川の陰に隠れて身を守っていた。

いつの間にか槐までやってきて、花川を盾にしている。

「おかしいでござろうが！　なんで拙者を盾にしてるんでござるか！」

「横に大きいから遮蔽物としてはちょうどいいかなって」

「頑張って！　レベル99！」

「うむ。まず花川が狙われたのは、的として狙いやすかったからではなかろうか」

「と、とにかく射《う》ってくる何者かをお得意の即死でやっつけてもらえないですかね！」

「高遠くん！　力は使わないで！」

「なんですとぉ！」

「今度こそ、ちゃんとしたエルフかもしれないじゃない！」

「なぜ、エルフを見たいなどという好奇心が、拙者の身の安全より優先されてるのでござる!?」

「弓が相手となれば、壇ノ浦弓術としては逃げるわけにもいかんな！　どれ、触丸《ふれまる》は渡すから存分にやってみるがよい！」

槐が黒い塊を知千佳に投げた。

知千佳がそれを受け取ると、一瞬にして黒く長大な弓が出現した。

「え？　私がどうにかするわけ!?」

「非殺傷モードにしておいたから、殺すつもりで射ってみるがよい！」

「まあ、死なないんならいいんだけど」

とまどいつつも、知千佳はやる気になったようだった。

3話　褐色系巨乳ダークエルフとかそーゆーのをアンチテーゼとして用意してもらいたいところ

知千佳が持つのは、黒く、身長ほどもある長い弓だ。

形からすると和弓のようだが、一目でわかる違いもある。弓の上下に槍のような穂先があり鋭く尖っているのだ。

単純に考えれば、その部位で敵を刺すのだろう。殺意を露《あら》わにしたかのような凶悪な武器だ。

その弓を持つ知千佳の手は黒く染まっている。

それも槐が放り投げた黒い塊が変化したものだ。弓懸《ゆがけ》の役割なのだろう。それは知千佳の両前腕部を覆っていた。

他には、腰のあたりに矢筒があり斜めがけになっていて、そこに矢が一本入っている。

それらで一揃いなのだろう。

「その。弓矢の非殺傷モードというのがよくわからんのでござるが」

槐がそんなことを言っていたので、花川は訊いてみた。

「うむ。矢も触丸で作ればそのあたりはどうとでもなる。鏃《やじり》が敵に触れた瞬間に展開して、拘束するのだ！」

　槐が自慢げに言った。

「おぉ！　それはすごいのでござるが、それを弓矢でやる意味はよくわからんでござるな！」

「弓は壇ノ浦流の基本兵装だからだ！　触丸をうまく利用すればもっと効率的な殺傷兵器を作れるだろうが、いきなりそんなものを作っても使いこなせはせんだろうし」

「なるほどでござる！」

　触丸とはなんなのか花川は理解していなかったが、話の腰を折る気もなかったのでその点はなんとなくわかったふりをしていた。

「それはそうとさっさとどうにかしていただかないと、拙者がおかしくなってしまいそうなのでござるが！」

　エルフの森の中。

　木々を抜けてやってくる矢は相変わらず花川の身体に突き刺さっていて、夜霧たちは花川の後ろに隠れていた。

　花川は道化の格好をした肥満体にしか見えないが、これでも人類の限界レベルである99に到達している。

　普通の矢が刺さったぐらいでは死にはしないし、回復魔法で回復することもできるのだ。

　実際、花川の身体に刺さった矢はぽろぽろと抜け落ちていた。

なので、魔力が続く限り死ぬことはない。

だが、それは矢が突き刺さった瞬間の痛みまで消すものではないのだ。

とにかく痛い。

死にそうになるのは慣れているとはいえ、間断なく矢が突き刺さり続けるのはたまったものではなかった。

「じゃあいきます！」

知千佳は音もなく、するりと花川の前に現れた。

「その！　知千佳たん大丈夫なんでござるか！　拙者が言うのもなんでござるが、矢が刺さったら死ぬでござるよね!?」

「大丈夫。だいたいわかったから」

知千佳が左足を軸にして回転し、半身になった。

そして、次の瞬間にはもう知千佳は残心の体勢になっていた。

つまり、もう矢を放っていたのだ。

「ぎゃっ！」

遠くから悲鳴が聞こえてきた。

次々に放たれていた矢が途切れたので、当たったようだった。

「え？　その。よくわからなかったのでござるが、弓ってもうちょっと時間のかかるものなのでは？　引いたり狙いをつけたり？」

「八つに分けとるやつか。壇ノ浦流にはそんなものないが？　とにかくさっさと射つことしか考えとらんし」

「けど、敵がどこから射ってきてるとかわかるもんなの？」

夜霧が不思議そうに訊いた。

確かに、森の中にいる相手の姿は見えていない。これで当たるのは花川もよくわからなかった。

「知千佳がやったのは、飛んでくる矢をキャッチし、それをそのまま相手に返す技よ。つかんだ瞬間に矢のベクトルを瞬時に把握し、狙撃地点を割り出してその矢を射ち返すのだ！」

「ははぁ。なんとか神拳のなんとか真空把みたいなやつでござるな！」

「うむ！　壇ノ浦カウンターと言う！」

「もうちょっとネーミングどうにかならんでござるか！」

「これ、そんな名前だったんだ……」

知らなかったのか、知千佳が嫌そうに言う。

「しかし、知千佳たん。のほほんとしてるようで、むちゃくちゃでござるな！」

「まあ、時と場所を選べば古武術チートで異世界無双という展開もあったかと思うのだがなぁ」

槐が夜霧を見てしみじみと言う。夜霧の即死能力でだいたい片がついてしまうので、壇ノ浦流を披露する機会がないということだろう。

「でもさ。相手の矢をそのまま返すんだったら、非殺傷モードとかいうの意味ないんじゃ？」

「あ」

夜霧が指摘すると、槐と知千佳が間抜けな声をあげた。

＊＊＊＊

熱帯雨林のごときエルフの森を切り開きながら進んでいくと、目的地にはすぐに辿り着いた。

大きな木を背にして、緑色のフード付きローブを着た女が座り込んでいる。

弓が落ちているし、肩には矢が刺さっているので、矢による攻撃をしかけてきていたのは彼女なのだろう。

大きな血管が傷ついたのか地面には血だまりができている。生きてはいるようだが、動く気力もないといった様子だ。

四人でぞろぞろとやってきたというのに、ろくな反応を見せなかった。

「いやいやいや、これどうすんの!?　非殺傷モードってなんだったわけ！」

「そんなもん、触丸で作った矢を使うに決まっておろうが！　何、勝手にカウンターしておるのだ！」

言い争う槐と知千佳は放っておいて、夜霧は念のためにあたりの気配を探った。

夜霧たちに殺意を向けている者はいなかった。

もしかすると身を潜めている者がいるのかもしれないが、そこまではわからない。

なんにしろ、余計な邪魔は入らないだろう。

「花川の出番じゃないの？」

花川はヒーラーらしい。実力を見たことはないが、どんな大怪我でも一瞬で治せると言っていたことを、夜霧は覚えていた。

襲ってきた相手なので倒してしまってもかまわない。

だが、このままでは事情がよくわからないままだ。話を聞けるならそうしたほうがいいかと夜霧は考えた。

「おっとそうでござった！　今さら知千佳たんの好感度が上がるとは思えないので、初対面な相手の好感度を稼いでおくのでござるよ！　死にそうなところを華麗に回復させれば好感度爆上がりでござるよね!?」

「こっちの攻撃で死にそうになってるのを治して好感度って上がるのか？」

「治しても、くっ、殺せ！　とか言われるかもしれませんが、それはそれで美味しいですな！」

花川が倒れている女に近づき、フードを上げた。

金髪で長い髪がフードからこぼれた。

「なんで先に顔を確認するんだよ。早く治してあげたら？」

「いや、治す気になれないご面相の可能性もありますし、治して懐《なつ》かれてしまってそんな輩《やから》につきまとわれることになっては面倒ではないですか……ほほうなかなかの美少女で……と、この方こそまさにエルフなのでは？」

血の気は失せているが、整った顔立ちをしていて確かに美しい。

そして、耳は長く尖っていた。

「いたか！　とうとうエルフがいたのか！　いや、まだ油断しないからね！　顔だけエルフっぽい謎の生き物な可能性もあるしな！」

知千佳は半信半疑のようだった。

「エルフかどうかはともかく治したら？　このままじゃ死にそうだけど」

「ですな！」

花川がエルフの肩に手を置く。すると、エルフの全身がぼんやりとした輝きに包まれた。

矢が肩から抜け落ち、エルフの顔色もよくなっていく。

輝きが失せると、花川は夜霧たちのところへ戻ってきた。

「治ったの？」

この程度で大怪我が治るのならたいしたものだと夜霧は思った。

「死んでいる場合は、反応しませんので。生きておりましたし、治ったでござるよ」

様子を見ていると、エルフらしき少女はゆっくりと目を開けた。

最初はぼんやりとしていたが、すぐに夜霧たちに気付いて睨み付けてきた。

「おのれ、人間どもめ……」

「キター！　従順エルフもいいですが、やっぱりエルフは高慢ちきでないとでござる！」

「さて。知千佳たちは人間見下しエルフムーブを堪能したいかもしれんが、まどろっこしいからな。ここはさっくりといくとしよう」

槐がそう言うと知千佳の持っていた弓装備一式がエルフへと飛んでいく。それらはいったん形を無くし、紐状になってエルフを縛り付けた。

「何のつもりですか！」

「話を聞きたいだけだが、まあ無理にとは言わん。もっともろくに話もできないなら禍根を断つためには殺すしかないかと思うが」

「殺しなさい！　人間に話すことなどありはしません！」

「そうか」

槐が抑揚のない声でそう言うと、紐状の触丸はよりきつくエルフに絡みついた。

「ちょっ！　ストップ！　やめて！　本気で殺すつもりで絞めてますよね、これ!?」

「ずいぶんと呆気ない。少しぐらいは耐えるそぶりを見せればいいものを」

呆れたように槐は言った。

「ですけど！　普通はもうちょっと、交渉の余地を残したり！　なんだかんだあったあげくに、仕方なく喋りだすっていうエクスキューズをこちらにも用意させてもらいたいんですが！」

「ほう？　ということは、喋るつもりはあると」

「それはまぁ……死にたくはないですし……」

「そっちは殺すつもりで射ってきといて、ずいぶんと虫のいい話だな」

この覚悟のなさが夜霧の癪《しゃく》に障った。

「なんなんですか！　そっちが勝手に私たちの領域に踏み込んできたんでしょう！」

「そう言われるとそうか。確かに無断で入ってるしな。けど、警告ぐらいはあってもいいだろ。いきなり攻撃したらやり返されても仕方がないと思うけど」

「警告ならしたでしょう！」

「……？　ああ。あいつらか。じゃあ、やっぱりあれはあんたらの仲間なの？」

夜霧は蟲のような猿のような生き物に遭遇したことを思い出した。警告らしきものを言ってきたのはその生物ぐらいだ。

「あれは我らの類族です。この先に聖地があること、これ以上進むなということを伝えたはずです！　警告があった上でずかずかと踏み入ってくるなら、攻撃するに決まっているでしょう！」

「警告だったかなぁ？　むっちゃわかりにくかったんだけど」

知千佳が首をかしげた。

魔道具では翻訳しきれなかったのか、その警告とやらは単語がところどころ聞こえたぐらいで、

ほとんど意味不明だったのだ。

「わかったよ。この先に行ってほしくないんだな。だったら行かないよ」

「え？　でも、ヨシフミってのがそこに向かってるかもしれないんじゃ？」

　中心部まで行くものだと思っていたのか、知千佳はとまどっていた。

「だとしても、ここに住んでる人が行くなって言ってるんだから、無理に行く必要はないだろ」

「まぁ……そうかな。ここで探しても会えるかどうかわかんないしね。帝都で待ってればそのうち戻ってくるかもだし」

「どういうことですか？」

　エルフが訊いてきたので、夜霧はこれまでの経緯を簡単に話した。

「馬鹿なんですか？　森を出たいのに中心に向かってどうするというんです？」

「そう言われてもな。上から見たら森はどこまでも広がってるし、どこに行っていいものかわからなかったんだよ」

　迷いの森のようなものだと夜霧は推測していた。

　空間がむちゃくちゃにつながっていて、素直に森の外へと出ることができないのだ。

「……いいでしょう。これ以上聖地に近づかず、森を出ていくのなら、私が手助けいたします」

「あ、できれば、東側に行きたいんだけど。西に出るとまったく意味がないから」

「わかりました。ですので拘束を解いてもらえませんか？」

「もこもこさん」

「うむ」

すると、エルフを縛りあげていた紐がほどけて塊になり、槐のもとへころころと転がっていった。

「おぬしは馬鹿ではなさそうだが、念のために言っておくと、先ほどの紐の一部はまだおぬしにくっついておるからな」

「この状況で逆らったりしませんよ」

エルフの少女は不承不承という様子ではあるが、立場は理解できているようだった。

＊＊＊＊

「しばらくは一緒に行動するわけですから、お互いに名前も知らないのは不便でしょう。私は、フワットと言います」

道すがら、エルフの少女が名乗った。

これ以上森の中心部へは向かわず、まずはエルフたちの集落へと行くことになったのだ。

フワットは、いったん報告に戻る必要があるらしい。

「私は壇ノ浦知千佳」

「壇ノ浦もこもこだ」

「高遠夜霧」

「拙者は花川大門と申すもの！　レベル99ヒーラーであり、イマン王国を侵略していた魔王を討伐した勇者パーティーの一員だったでござる。まあ、立ち位置的には勇者の参謀というべき者であって、ほぼ勇者といっても過言ではないかと思うのでござる！　ぶほっ！　おっと失礼。フワット殿の傷を治したのは拙者の回復魔法なのですが、その後の調子はどうですかな？　人類最高峰の回復魔法でござるから、後遺症などはないかと思うのですが！」

「なんで、急に早口で喋りだすの!?」

皇槐と紹介された少女が壇ノ浦もこもこと名乗っているのだが、自己紹介に必死な花川は気にしていないようだった。

「はあ。その、ありがとうございます。回復してくださったのは大変感謝していますが、あまり近づかないでいただけると、さらに感謝できるかと思います」

フワットはそっと花川から距離をとった。

「なにゆえに！」

「で、フワットさんは、エルフなんですよね？」

「そうですが？」

知千佳が訊くと、フワットは不思議そうに答えた。

「その、ローブの下は腕が二本に脚が二本なんですよね？　おなかに口がついてるとか、触手が生えてるとか、そーゆーのはなくて？」

「私はいったい何だと思われてるんでしょうか！」

「その、エルフの人って私たちと何か違うのかなって」

「見た目はそれほど違わないと思いますが」

そう言って、フワットはローブの前を開いた。

すらりとした肢体を薄手の衣が覆っている。

見える範囲では、人との違いはわからなかった。

「やっぱり虫だか猿だかじゃなくて、こういう華奢《きやしや》で儚《はかな》げで透明感があって金髪ロングで耳尖ってるのがエルフだよね！」

知千佳もようやく満足できたようだった。

「いやー。拙者としましては、昨今の流行から考えるに巨乳エルフのほうが多方面にウケがいいかと思うのでござるが。拙者はロリコンと勘違いされることが多々あるのですが、性癖としましては素直にできるだけ大きいほうが好みなのでござるよ！　いやまぁ、エルフが貧乳というのは差別化としてそうしておくのはいいのですが、でしたら褐色系巨乳ダークエルフとかそーゆーのをアンチテーゼとして用意してもらいたいところで」

「聞いてないから」

「知千佳たんは冷たいですな……」

「おっぱいは大きいほうがいいってのは、同感だな」

「……高遠殿……今、初めて心が通じ合った気が……」

「くだらないことを言っている間に着きましたよ」

密集した木々を抜けて、開けた場所に出た。

そこには木造の素朴な建物が建ち並んでいる。

そう大きな村でもないので、上空からは見えなかったようだ。

静かな村だった。

日中だというのに、あまり人が出歩いていないのだ。

「あ、やっぱりあいつらいるんだ」

村の中には腕が四本ある、猿のような蟲のような生き物がいた。

彼らはエルフたちを手伝って従順に働いているようだった。

「とりあえず長老のところへ行きましょう。あなたたちのことなどまとめて説明してしまいます」

村の奥へと歩いていく。似たり寄ったりの建物ばかりの中で、少し大きめに見える建物が長老の家のようだ。

村にいるエルフたちはいぶかしげに夜霧たちを見ていた。

エルフは森に入る人を襲っていたというから、人とは敵対しているのだろう。今はフワットが拘束もせずに連れているので、事情がわからずにとまどっているのかもしれない。

「そのローブってみんな着てるものでもないんだ」

「これは狩りの時だけですね」

暑いためか、エルフたちは薄着だった。そして、当然のようにエルフは全員が美形だった。

「これは……エルフの美少女たちとお近づきになれる感じのイベントが！」

「エルフは規格外の大きさの生物を生殖可能な相手とは見做《みな》しませんので、頑張って痩せてくださいね」

「え？　その、中身を見ていただけたりは？」

「よく中身を見せる気になれるな」

たいした自信だと夜霧は呆れていた。

「こちらです」

長老の家に近づいていくとドアが開き、中から少年が出てきた。

「君たちか……。こんなところで会うとはね」

少年は驚いていた。夜霧たちを出迎えるために出てきたわけではないのだろう。

「え？　誰？」

知千佳が疑問符を頭に浮かべている。

「鳳《おおとり》だよ。鳳春人《はると》。もしかして、眼鏡をかけてないからわからないのかな？」

「え？　鳳くん!?　なんでこんなとこに!?」

「……誰だっけ？」

名前を聞いても夜霧は思い出せなかった。

4話　とりあえずエッチなことができる美少女という条件で

鳳春人は鳥の獣人だ。

それはこの世界にやってくる前からのことで、鳳家は代々異形の血を受け継いでいる。

春人は獣人であることに誇りを持っているし、この状況においても生来の力は有利に働くと考えていた。

普段は抑えているが本気を出せば常人の数十倍の膂力《りょりょく》を発揮できるし、家伝の武術も習得している。背から翼を生やし空を飛ぶこともできるし、羽毛を飛ばして攻撃することも、全身を羽毛で包んで防御することもできた。

それに加えて、異世界のシステムによりコンサルタントの力まで得た。

コンサルタントは助言をするクラスで、そのために世界の情報にアクセスできる。

情報と力。これがあれば異世界であろうと十分に生きていけると、春人は思っていた。

だが、けっきょくのところ、うまくはいかなかった。

賢者に取り入ってうまく事を運ぼうとしたが、賢者の気まぐれであっさりと計画が瓦解したのだ。

クラスメイト同士での殺し合いを強いられ、魔界と呼ばれる王都の地下空間には謎の肉があふれ出てきて、翼で飛んで逃げたところで謎の炎熱に焼かれた。

訳がわからないとしか言い様がなく、これがこの世界で標準的に発生しうる危機なのだとすれば、対策など立てようもなかった。

全身を焼き尽くされた春人は、それでも意識を失うまで力の限り飛び続けた。

そして、気付けば神を名乗る男によって、治療が施されていた。

その治療のためなのか、賢者に与えられた力は失われ、眼鏡は必要なくなっている。

なぜ無関係の春人を治療したのかと問えば、死にそうな奴がいて助ける手段があるなら助けるだろうと言われた。

なので、春人に特別な関心があったわけではないのだろう。

その神は、ついでのように春人に捜し物の手伝いをしろと言ってきたのだ。

＊＊＊＊

フワットの家のテーブルで、春人と夜霧たちは向かい合っていた。

夜霧たちはエルフの長老に会いにきたが、特にこみいった話があるわけでもなく、ただ顔を合わせておく、程度のことだったらしい。

フワットはまだ長老と話があるらしいので、春人と夜霧たちは先にフワットの家へ移動したのだ。

なぜか花川はここに来る途中でいなくなったが、夜霧たちがそれを気にしている様子はない。

「いや、君たちも驚いてるとは思うけど、僕もかなり驚いてるよ」

高遠夜霧は罠にはめて殺したはずだった。

殺意を感知されないように、まわりくどい方法をとったのだ。

思惑通りに崖が崩れて夜霧が落ちたところまでは確認したのだが、その程度では死なななかったようだ。

落下で死ななくとも、地下空間は蠕動《ぜんどう》する肉で埋め尽くされて謎の爆発まで起きたのだ。それで死んだものとばかり思っていたが、壇ノ浦知千佳とともに生き残ったらしい。

自分が死にかけた状況をあっさりとしのがれてしまったのだ。こうなるともう何もかもが馬鹿らしくなってくる。

賢者から解き放たれた今、高遠夜霧と敵対する意味はすでになく、これ以上手出しをする気にもなれなかった。

そして、春人が最も驚いたのは、皇槐の存在だった。

なぜ、獣人を支配する皇一族の直系がここにいるのか。春人たちと同じく何者かに召喚されたのかもしれないが、主家の姫とも呼ぶべき少女が自分の目の前にいることには、偶然ではない何者かの作為を感じてしまう。

「えーと……何から訊いていいのか……その魔界はすごいことになってたよね!?　私ら以外は全滅かと思ってたんだけど」

「ああ、僕、飛べるんだよ。それでひゅーっと外へ」

「鳳くんはコンサルタントだったよね？　そんな能力まであるわけ？」

「僕が何者かは、皇さんが知ってるんじゃないかな？」

ちらりと槐へ視線を送る。

何度か会ったことがあるし、春人のことは覚えていなかったとしても、鳳の名で気付くだろうと思ったのだ。

「ん？　我のことか？　悪いな。我は皇槐ではないのだ」

「どういうことです？」

とぼけているという様子でもない。本当に春人のことを知らないようだった。

「んー……というか、我は別にこの身体のことに詳しいわけでもないしな……」

「この槐はロボットなんだよ。元の世界から物を召喚できる奴がいて、それで喚び出したらしい」

「まさか……」

夜霧はなんでもないことのように言う。

確かに、よく見てみれば皇一族の持つ、自然に獣人を統率する威圧感のようなものがまるでない。

本当にロボットなのかは見た目ではわからないが、皇一族ではないということには納得ができた。

「まさかとは俺もそう思ったよ。槐は知らない奴でもないし。けど、やってきたのはたままたまっぽいな」

「まあ、ほっといても何か関係のありそうなのが集まってくる、というのは非凡な人間にはありがちだがな」

「で、なんで、鳳くんはこんなとこまで来たわけ？　ってか、私らより先に着いてるってどういうことなの？」

「そうだね。じゃあ順を追って説明してみようか」

わざわざ説明する必要はないのかもしれない。適当にごまかすこともできるだろう。

だが、それを言いだすなら、夜霧たちとこうして話をする必要もないのだ。

この村での目的はすでに達成しているのだから、さっさと立ち去ってもよかった。

では、なぜこうして話をしているのか。

簡単にまとめてしまうなら、何もかもがどうでもよくなってしまったのだ。

あまりにも小さな自分がこの世界に対してできることなどほとんどない。

陰謀を巡らすことも、策を弄《ろう》することも馬鹿らしい。そんな心境に至ってしまったのだ。

「あ、一ついい？　けっきょく、鳳くんが何者なのか？　ってのスルーされてるような」

「僕は鳥の獣人なんだ。背中から翼が生えてそれで飛べるんだよ」

「鳥!?　翼!?」

「ふむ。そういう輩がおるとは聞いたことがあるな」

「おるんかい！　てか吸血鬼とかいるって言ってたな！」

「さっきの言いぶりだと、槐は獣人と関係あるの？」

「皇家は獣人を統《す》べる家柄なんだよ。基本的に僕らは皇には逆らえないんだ」

「そうなのか。日本を裏から支配してるとかは聞いたことあるけど」

夜霧は槐と知り合いらしいが、獣人関連のことまでは知らなかったようだ。

「なんなんだ、私らのいた世界！　これ、帰っても全然安心できないよね!?」

「薄皮一つ剝けば奇々怪々な魑魅魍魎《ちみもうりょう》であふれておるのだ、世の中というものは！」

「獣人についての話はしだすと長くなるから、僕の話に戻させてもらうけど」

春人は、ここに至るまでの状況を簡潔に話した。

魔界から逃げ出した後、ザクロと名乗る神に拾われた。

治療後に解放されたのだが、その際に捜し物を手伝ってもらえないかと言われ、春人はその依頼を受けることにしたというようなことをだ。

「で、ザクロって神がさらに上位の神みたいなのを捜してて、鳳はそれを手伝ってると」

「簡単に言うとそうだね。ザクロからはいくつか候補地を提示された。ここはその中の一つなんだ。こんなところで僕がここにいることは納得できただろうか」

「はい！　空を飛ぶと賢者の警戒網に引っかかってなんか襲ってくるんだけど、それは大丈夫だったんですか!?」

　知千佳が手を上げて律儀に問いただした。

「ザクロに与えられた力で僕の飛行能力は飛躍的に向上していてね。たぶん、何かが襲ってくる前に移動できてるんだと思う」

「経緯はわかったけど、鳳はそれでいいのか？」

「そうだよ！　訳わかんない奴の言うことなんか聞かなくてもいいと思うよ。なんだったら私らと一緒に来る？」

「えぇ？　これ以上仲間を増やすの？」

「これ以上って言っても、花川くんがありなら他は誰でもありなんじゃ」

「申し出はありがたいけど遠慮させてもらうよ」

　ザクロは手伝いを強制はしなかった。自由意志を尊重しているとのことだ。

　だが、獣人には上位存在に傅《かしず》こうとする本能がある。

　元の世界では、全ての獣人の頂点に立つ獣神はすでに滅びたという。春人は、ザクロを新たな神として認識してしまったのだ。

「まあ、無理にとは言わないけどさ」

「そうだね。僕は僕で好きなようにやらせてもらうよ。ところで君たちがここに来たのは？」

「いや、どうしても来たかったわけでもないんだけどね……」

知千佳がこれまでの経緯を話しだした。

賢者の石を求めて旅をしていて、新たな石を求めて賢者のもとに行こうとしているらしい。

その過程でこの森に迷い込み、脱出のためにここまで来たとのことだった。

「そういや、鳳くんはここから出られるの？」

「そもそもここが迷いの森になってることを知らなかったよ。けど、上空からここに直接来られたから、逆もできるんじゃないかな」

「なるほど。上空は空間歪曲の範囲外なのか」

「システムの穴っていうか……バグ？」

「かといって俺たちには空を飛ぶ手段はないしな」

「うむ。触丸で翼を作っても、できるのは滑空ぐらいのものだからな」

「申し訳ないけど、人を連れて飛ぶのは無理かな」

できないことはないが、そこまでしてやるほどの義理もない。

皇槐の存在が気になったので話をしてみたが、これ以上得られるものもなさそうだ。

春人は、次の目的地へと向かうことにした。

＊＊＊＊＊

花川は夜霧たちから離れて村はずれにやってきた。民家の裏手で、人通りのない場所だ。

花川は、安全そうな場所まで来られたので、先ほどの思いつきを試してみようと思ったのだ。

「そういえば、まともに召喚を試したことはなかったでござるね」

マルナリルナを喚んだ時はただ大声で呼んでみただけのことだった。なので、『なんでも召喚』という力を使ったことになるのかはよくわからない。

それでやってくるのもいい加減な話ではあるが、条件に該当する相手を喚べる能力だというなら、それなりにシステマチックなものであるはずだ。

「システムウィンドウオープン！　でござる！」

花川はシステムウィンドウを表示した。

前回の転生時からずっと使っているので、いちいち声を出さなくてもウィンドウを表示させることもできるし、主要なスキルなら無意識に発動できる域に達してはいるが、これは気分の問題だ。

花川の視界に、半透明のシステムウィンドウが表示された。

そこには基本ステータスが表示されている。クラスはヒーラーでレベルは99。魔力量こそ多めではあるが、他のステータスは人類最高レベルにしてはお粗末なものだ。

召喚能力を得てもクラスに変化はなかった。

「むむぅ。ヒーラーとサモナーのデュアルクラスとかだとかっこいいかと思ったのですが……まあ、それはともかく」

スキルコマンドを選択すると、使用できるスキルが一覧で表示される。『なんでも召喚』はスキルの一覧に表示されていた。

「ふむ。ということはやはり、バトルソングのシステム上のスキルというわけですな」

神が与える力も、異世界召喚で与えられる力も同じものらしい。

だがそうなると、召喚能力が及ぶ範囲は限られているのかもしれない。

「まあ、やってみるしかないですな。賢者は拙者らを日本から召喚したわけですから、少なくともそのあたりまでは力が届きそうでござるが」

花川はスキル一覧から『なんでも召喚』を選択した。

すると、いくつかの入力欄が現れた。ここに、召喚したい相手の条件を入力すればいいのだろう。

「あまり細かい条件を指定しても、該当者がいなくなってしまうかもしれませんし……とりあえず美少女、と」

システムウィンドウの操作は慣れたもので、思考操作で入力することができる。

美少女と入力欄に入れると、ずらりと名前と顔が表示された。

検索該当件数は一万件と表示されている。ぴったり一万人しか美少女がいないわけもないので、最大表示件数が一万件なのだろう。

「ほうほう……美少女というのも曖昧《あいまい》かと思ったのですが、どうやら拙者の基準で美少女が選出されるということですかな」

ざっと確認したところでは外れがない。様々なタイプの美少女が表示されていた。

「しかし、顔だけでは決め手に欠けるのですが……ああ、表示が一覧モードだからですかね。では、ここを詳細モードに……おお、出ましたな！」

すると、より詳しく該当者の情報が表示されるようになった。

全身の姿、身長、体重、３サイズなどが表示されている。

「なるほど。ラミアとかもいるのでござるか。顔だけで選ぶととんでもないものを掴まされるかもしれませんな。では、人間……いや、拙者、猫耳とかでしたらＯＫですので……二足歩行で腕は二本と。まあ、ついでですから胸のサイズはＦカップ以上と……いや、拙者はロリでも構わんと言えば、構わんのですが、ロリは愛でるものと決めておりますゆえ……。おお、これだけ入れても一万件！　世界は広いですな！」

条件外の者は除外されているが、それでも最大表示件数に達していた。

「この調子なら、事細かに好みを入力していっても……いや！　見た目がどうとかは後の話でござるよ！　拙者のような者が好みのタイプな美少女！　これで絞りこまなくては！」

花川は、入力欄に花川大門が好みのタイプと追加した。

こんな適当な方法でいいのかはわからないが、ここまでの感じだとそれなりに処理してくれそうな感じがする。

「ドキドキですな。……さて、どんな美少女が拙者を待っているのか……」

だが、検索中を示しているのか、砂時計のマークが表示されはしたものの、一向に反応がない。

「……って、フリーズしたとかいうオチではないでござるよね！」

それからしばらくの時が経ち、ようやく結果が表示された。

三件。

それが全ての条件に該当する件数だった。

「って！　そんな程度なんでござるか！　いや、でも三人でもいてくれたのならそれでよしでござるよ！　皆様、甲乙つけがたいですが、一人と言わず全員喚べばいいのですから、まずは一番上の方から！」

花川は一番上に表示されている少女を選択して、召喚を試みる。

またしても、反応がなかった。

「って、いちいち反応が遅いのはなんなのでござるかね！　拙者を焦《じ》らせたいのでござるか!?」

だが、しばらく待っても何かがやってくる様子はない。

「もしかして、マルナリルナ様が死んだので、使えなくなってるとかでござるか!?　いや、検索はできてるのですから、能力は活きていると思いたいのですが……」

『君が、私を喚ぼうとしてくれてるのかな？』

突然、声が聞こえてきた。

「あ、はいでござるよ！」

声が可愛い。花川の期待はいやが上にも膨れ上がった。

「その！　拙者みたいなのが好みのタイプなんでござるよね！　見た目だけでなく性格も含めてということでよろしいでしょうか！」

『うん。そうだよ』

「具体的には！　好みのタイプといってもいろいろあるでござろう！　エッチなことはできるのでござろうか！」

『うん』

「おお！　では来てください！」

『え？』

「へ？」

『喚んでよ』

「えーと、喚んでるつもりなのでござるが……」

『あー。君の力、天軸経由で十世界の距離までしか召喚できないよ。私と君の世界、百は隔《へだ》たってるから。私も、自力でそっちに行くのはちょっと無理かな。残念だけど』

そして、声は聞こえなくなった。

「ふっざけんなでござるよ！　喚べない相手を表示してどうするんでござるか！」

だがこちらから喚べなくとも相手に自力でやってくる能力がある場合もある。なので、検索だけは可能になっているのだろう。

「まあ、そういうことでしたら、喚べる範囲にいる相手……と、0件っておかしいでござろうが！　拙者そこまでおかしなご面相をしてはおらんと思うのでござるが！」

外見の好みであれば、蓼食《たで》う虫も好き好き。花川が好みの相手もいるのかもしれない。だが、中身も含めた全てということになると難しいのかもしれなかった。

「……これは、とりあえずエッチなことができる美少女という条件で……いや、それでしたら現状でもお金さえ払えばできるのでござる。そーゆーことではなくて、せっかくの召喚能力なのですから、心底拙者のことを愛する美少女で……ああ、自力でここまで来れることを条件にすればいいのでござる！」

検索条件の〝喚べる範囲にいる〟を、〝自力でここまで来れる〟に変更する。

しばらくして、該当者は一件に絞り込まれた。

「一件……いや、逆にすごいのでは!?　異世界も含めて探して、拙者にぴったりとマッチする相手が一人なのでござる！　これこそまさに運命の相手なのでは！」

さっそくその一人を選択する。

すると、光で構成された魔法陣が地面に描かれた。

魔法陣からは光の柱が立ち上り、そこから少女が現れる。

黒髪の長髪で小柄で巨乳な、花川好みの美少女だ。

花川と目が合う。

少女は、こぼれるように微笑んでいた。

目は潤み、頬は紅潮していて、花川に対してあからさまな好意を表しているように見える。

「ええと、拙者、花川大門と申す者でござる！」

どうコミュニケーションをとっていいのかわからなかったので、とりあえず名乗りながら握手のために手を出してみる。

普段なら蛇蝎《だかつ》のごとく嫌われそうなのでそんなことはしないのだが、相手は最初から好感度が最大なのだ。

少女が近づいてくる。その顔に嫌悪感はない。

ようやくうまくいったのだと花川は安堵したが、次の瞬間、差し出した右腕が消失した。

「え？」

少女の頬が異常なほどに大きくなり、血まみれの口がもごもごと動いている。

「おいしい……」

咀嚼《そしゃく》していたものを飲み込んで、少女がとろけるような表情を見せた。

「うわぁあああああ！　好みのタイプってそーゆーオチでござるかぁあ！」

右腕は、肘のあたりから噛み千切られている。花川は、瞬時にヒールで回復した。

腕の一本程度ならどうにでもなった。

「すごい……こんなに美味しいのに、いくらでも食べられるの……!?」

少女は輝くような笑みを見せていた。

見蕩《みと》れるほどの美少女だが、その口からは涎《よだれ》がだらだらとあふれ出ている。

「最悪な意味で相性抜群でござるよ！」

花川はこんなものを召喚したことを心底後悔していた。

5話　何なんでござるか！　その拙者に特化したふざけた能力は！

「えーっと……まずは落ち着いてほしいのでござる！」

こんなことをつい最近も言っていたような気のする花川だった。

冷静で話が通じる夜霧はそれでうまくいったが、今回の相手は興奮状態のようなので本当に落ち着いてもらわなければ困るところだ。

「落ち着いてるけど？　ちょっと我慢しきれなかったぐらいで」

「それが落ち着いてないということでござるよ！　普通はそこらにいる男の腕に嚙みついたりはしないのでござる！」

「そう？」

少女は首をかしげた。

「あの！　拙者のことが好きだったりするのですよね!?　でしたら腕を嚙むとか、傷つけるとかして心が痛んだりはしないのでござるか！」

「……なんで？」

「あ、これ本気でわかってないやつでござる！　その！　拙者はですね！　ごくかいつまんでぶっちゃけてしまいますと、エッチなことをしても問題ない、むしろ大歓迎って感じの、拙者が好き放題にできるような美少女の方に来ていただきたかったんでござる！　でも、あなたそうじゃないでござるよね!?」

確かに望み通りに美少女ではある。スタイルも希望通りだ。
だが、妙に口が大きく開いたり、人間の腕をかみ切れる咬合力《こうごう》があったりする相手を望んでいたわけではまったくない。

「エッチなことって？」

「……ううっ！　真顔で訊かれると反応に困るのですが……そのオブラートに包みますとですね。一つになるといいますか……子供を作る行為といいますか……」

「生殖行為のこと？」

「あ、学術用語的な感じでうまいことごまかせてる感はありますな。そう！　そういうことでござる。で、拙者を痛めつけるのはそういうことではないでござろう！　確かに拙者には多少の被虐趣味はあるかもしれないでござる！　けど、それはちょっと踏みつけられたりとか！　顔面騎乗ですとか！　ＳＭだとしても、ライトな感じの！　ファッション感覚のやつでござる！　本当に身体を傷つけるようなやつは御免被りたいのでござる！」

「食べれば一つになれるよ？」

「ちょっとばかり、そんなことを言うかなとは思ったでござるが、絶対にそっちではないので！」

「……食べた相手の遺伝子を抽出して、自分の遺伝子とランダムに交換して、新たな遺伝子を持つ個体を生み出すのが、生殖行為なんじゃないの？」

「……え？　いや、その……」

花川は、思わずよろけて後ずさった。

思った以上にやばい相手だということが、その台詞の端々から伝わってくる。

「君と私なら、きっと可愛い子が生まれてくるよ」

「チェンジで！　今回はご縁がなかったということで！　来ていただいたうえでこんなことを言うのは非常に心苦しくはあるのですが、お帰りいただけないでしょうか！」

「いや……帰らない……」

「うぅ。非常に可愛いので、本来であれば言われてみたい台詞ではあるのでござるが……ですが、ここで絆《ほだ》されてしまうとひどい目にあうのでござるよ！」

「大丈夫だよ。死なないようにするから。生えてくるんでしょ？」

「治りますけども！　でもそういう問題ではなくてですね！」

「だったら問題ないじゃない。一気に食べちゃおうって思ってたけど、ちょっとずつ食べたらずっと楽しめるんでしょ？　だったら我慢する。殺さないよ？」

「生殺し感がすごいでござる！」

──とにかくヤバイでござる！　これまでいろんなピンチに遭遇してきましたが、その中でもこれは最たるものでは？　これはどう切り抜ければいいので！

何を言ってもごまかせる気がしないので、口八丁ではどうにもならないだろう。

どんな気持ち悪いことを言っても彼女は受け入れてくれる。そんな予感しかしない。

「あのー、一つ確認なのですが。これから拙者をどうするおつもりで？」

「おうちに持って帰って誰にも邪魔されないところで君をたっぷりと楽しむ」

「嫌すぎるお持ち帰りですな！」

少女はどこからか、袋を取り出した。

「それは……？」

「私のうちまではちょっと厳しい環境だから、これに入れておかないと死んじゃうと思う」

「それに入れられた時点で死にそうなんですが！」

大きめの袋ではあるが、花川が入るほどではない。入れるとするとかなり圧縮しないと無理な大きさだった。

──これ……このままお持ち帰りされてしまいますと、永遠に食われ続ける地獄のような状況が待っているのでござるよね？　死んだほうがましなのでは!?　いや、諦めてはいかんでござる。どうにか打開しないと！

「えーと、その、ストレスフルな状況で育てられた牛よりも、優しく愛情を込めて育てた牛のほうが美味しいって聞いたことがあったような、なかったような」

「ストレスは与えたほうが美味しくなるよ？　苦しいとね、苦痛を抑えるために神経伝達物質みたいなのがぴゅるぴゅる出るの。それで味がまろやかになったりするから」

「あ、駄目だこれ。価値観が全然違うのでござる」

説得は不可能だろう。

となると戦うか、助けてもらうか、逃げるか。

戦って勝てる気はまったくしなかった。腕を嚙み千切られた時、その動きを花川はまったく見ることができなかったのだ。それに人の腕をあっさりとかみ砕く力まである。つまり勝ち目はないので、戦うのは論外だ。

助けてもらうなら最有力候補は高遠夜霧だ。夜霧ならこの女が何者であろうとあっさりと即死させるだろう。

だが、ここで叫んだところで夜霧まで届きそうにはなかった。邪魔されないようにと村はずれまで来たのだ。声が届いたとしても、夜霧が花川のために駆けつけてくれるとも思えない。

夜霧のもとまでこちらから出向けばいいのかもしれないが、それは逃げるのとほぼ同じ意味だ。

では、逃げる方法はと考えても、この少女を出し抜いて逃げ切れるとは考えられなかった。

——とにかく拙者の手持ちの道具、スキルを考えてみるのでござる！

花川はアイテムボックスのスキルを持っている。簡単に言えば見えない袋があり、そこに道具を収納しておけるのだ。

中には前回の召喚の時から集めた様々な道具が入っている。

だが、しょせんは花川が入手できたような道具でしかない。それほどレアな物はなく、誰もが購入できるような代物しかなかった。

——一番レアなのは、命がけで入手した奴隷の首輪なのですが……。どうにかこの女を言いくるめて、自ら装着させられないですかね?

身体能力に差がありすぎて、無理矢理付けるのは不可能だろう。それにあまりに格上には通用しない可能性がある。

——そういえば、この方、何者なのでござる?

検索ウィンドウを確認する。名前はカルラ。後は3サイズなどの見た目に関する情報のみだ。

だが、それらの情報の下に詳細ボタンがある。

花川は詳細ボタンを押した。


天盤喰《てんばんく》らい。その本体はあまりに大きく、天盤(宇宙)をも丸呑みにできるほど。

雑に天盤を喰らってきたが、ここ数百年ほどは味にこだわるようになってきた。

大きすぎる本体では細かな味を追求できないため、天盤世界内での活動体として分身体を作り出した。

カルラはそのうちの一つで、本体に比べれば脆弱だがそれでも天盤内でいえば神に匹敵する力を持つ。

本来はシステム外の存在だが、グルメ情報を検索するために様々なシステムにユーザー情報を登録している。


「ちゃんと詳細情報を読めばよかったでござる！」

花川はその場にへたり込んだ。

格上すぎて、何も通用する気がしなかった。

「えー!?　これどうしろと！」

アイテムは通用しないと思ったほうがいい。

ならば花川が他に使えるのは、ヒールと召喚のスキルだ。

ヒールは意味がなさそうなので、使えるのは召喚ぐらいだろう。

――召喚だと……カルラ様に匹敵するようなのを喚び出し……いや、状況が泥沼になる様しか想像できんのでござる……あ！　でしたら！

高遠夜霧を召喚する。

いい考えだと思った花川は、即座に検索を開始した。

「って、出ないんですが！　名指しで検索してるんですけど！　え！　どういうことでござるか！」

「さっきから、どうしたの？　ちょっと食べていい？」

「よくないでござる！　その！　空腹は最高の調味料なんて申しますし、我慢したほうがより美味しくなるんじゃないですかね！」

「あ。その発想はなかった。我慢すると美味しくなるのか……そうかも」

なぜか納得されてしまったので、多少の猶予はできたようだ。

「えーと、そう！　では知千佳たんを喚べば！」

知千佳を喚べば、夜霧も探しにくるだろう。

そう考えて、壇ノ浦知千佳を検索した。

今度は名前が表示された。だが、名前は灰色になっていて、着信拒否と表示されていた。

「着拒って！　いや、そもそも同意がなければ喚べないのですが！」

『なんでも召喚』とはいうものの制限は多くある。

このスキルは無理矢理相手を召喚できるものではないのだ。

ちらりとカルラを見る。

カルラは、袋の口を無理矢理広げていた。花川を入れる気満々だった。

――逃げるしかないのですが……あ！

思いついたことがあるので、花川はそれを試すことにした。

検索ウィンドウで、花川大門を検索する。

瞬時に名前は表示された。召喚も可能だ。

――召喚位置ですが……。

そのまま召喚すれば、花川の目前に召喚される。

だが、召喚位置を変更できるのならどうだろうか。

やってみると、召喚位置をずらすことができた。

システムウィンドウに地図が表示され、花川の現在地を中心に半径百メートルほどの範囲を指定することができたのだ。

――できれば高遠殿のところに行きたいのですが……。

だが、この地図ではどこに何があるのか何もわからなかった。

とりあえず座標を指定するだけのものらしい。

花川は一番遠い位置を指定して、自分自身の召喚を実行した。

召喚は、瞬時に行われた。

目の前の景色が村の中から、森の中に変わったのだ。

「成功でござる！　これを繰り返せば！」

どこに向かっているかは考えない。まずはカルラから距離を取るのだ。

花川は北へ向かって召喚転移を十回行った。

これで一キロ程度は距離を稼げたはずだ。

「ですが、なんであなたはそこにいるのでござるか！」

カルラが目の前に立っていた。

「君の匂いは覚えたから、ついていけるよ」

「え!?　これもう詰んでるのでは？」

そもそもが自力で世界を超えての転移が可能な相手だった。

キロ単位で逃げたところでなんの意味もなかったのだろう。

「……その……食べてもらってもいいので、おうちに連れて帰るとかは勘弁してもらえないでござるかね……」

花川は譲歩してみた。

こんなわけのわからない存在の本拠地などに連れていかれてしまっては、本当に何もかもが終わってしまいかねない。

それぐらいなら、多少痛い目を見るのは仕方がないと覚悟したのだ。

「この世界、ちょっときな臭いかな。落ち着いて食べられない」

「え？　それはその、もしかしてカルラ様よりも強い何かがここにはいるということで？」

「なんか集まってきてるよ？　ここにいるよりうちに来たほうが安全だと思うんだけど」

「それはマジでござるか？」

「なんで嘘をつかなきゃいけないの？」

「えーっと……」

なんとなくだが、この手の上位存在は人間相手にわざわざ嘘はつかないように花川には思えた。

そうなると、本当にこの世界は危ういのだろう。

「そのー、だとしてもですね。その袋に入るというのはちょっと無茶なのでは……」

カルラが手に持つ袋を見る。

やはり花川を収納できる大きさではなかった。

「……半分ぐらい食べたら入ると思うんだけど」

「たぶんその状態で袋に押し込められたらヒールどころではないので、死んでしまうかと思うのでござるが……」

「じゃあどうしよっか」

「どうしたものでござるかね……いや、そのですね。拙者が美味しいとしましてですね。そんなごちそうを食べ続けるのはどうかと思うのでござるよ。そーゆーのはたまに食べるから美味しいわけでですね。ですので、たまに食べにくるとかそーゆーところで一つ、どうですかね？」

「そうなのかな？」

「そうでござるよ！」

この方向へ話を持っていけば、どうにかなるかもしれない。

そう思ったところで、カルラの首がぽろりと落ちた。

それは何の脈絡もない、あまりにも唐突なものだった。

「はい？　それはそういう余興みたいなものなので？」

花川は、カルラが自らそうしたのだと思った。

上位存在故の、わけのわからないお茶目な行動だと思おうとしたのだ。

だが、カルラがバラバラになってこぼれ落ち、その背後に何者かがいるのを見て考えを改めた。

それは剣を手にした女だった。

彼女が、カルラを細切れにしたのだ。

「なんなんでござるか！　次から次へと！　新キャラはもうおなかいっぱいなんでござるが！」

「駄目かもと思いましたけど、なんとかなりましたね」

女は飄々とそう告げた。

「そ、それはよかったでござるね！　ですが、拙者、たまたまここに居合わせただけのくだらない者ですので、ここでお暇《いとま》させてもらうでござるね！」

助かったとはまだ言えないだろう。カルラの脅威がなくなったとしても、また別の脅威が現れたに過ぎないのだ。

「待ってください」

少しずつ後ずさっていた花川は、そう言われて動きを止めた。

「えーと、なんでござろうか？　拙者とあなたは無関係ですよね？　そちらのバラバラになってる人と何かあるのかもしれないでござるが」

「あなた、神の使徒ですよね？」

「あー、その。使徒だったこともあるでござるね。はい」

そう言われて花川も使徒としての感覚を思い出した。

使徒同士はお互いにその存在を認識できる。その感覚によれば、女はマルナリルナの使徒だった。

「私もそうなんです。冒険者のクリスといいます」

冒険者。エント帝国が中心となって作りあげたシステムだった。

エント帝国には、冒険者ギルドがあり、冒険を斡旋しているのだ。

「ははぁ。それはそれは。で、拙者に何の用でござる？」

「使徒でしたら、特別な力を神からいただいたのですよね？」

「ははははは……拙者のは、特別だなどというほどのものでもないので……」

嫌な予感がして、花川は自分召喚を行った。それにより、百メートル先へと転移したのだ。

「やばいでござるよ！　あれも関わってはいけないオーラが半端ないので――」

花川の胸から剣が突き出した。

「あ……こーゆーの、前にもあった気がするでござるね……」

「さっき斬った人から能力を得られまして。あなたの匂いを辿ってそばに移動するという能力なん

ですが」

背後から、クリスの声が聞こえてきた。

「何なんでござるか！　その拙者に特化したふざけた能力は！」

どうあっても逃れられないようだった。

6話　なんだ。服と一体化してて一緒に脱げるとかじゃないのか

エルフの少女、フワットの家で、夜霧、知千佳、もこもこが操る槐の三人は待機していた。

エルフたちがどのような生活をしているのかはよくわからないが、この家にはフワットが一人で住んでいるようだ。

鳳春人が去った後、することもなくてぼんやりと待っていると、しばらくしてフワットが帰ってきた。

「じゃあ、行きましょうか」

フワットは家に入ってくるなりそう言った。

「え？　エルフとの交流みたいなのは!?　せめてお茶を飲んだりとか！」

それまでぼんやりとテーブルについていた知千佳が勢いよく立ち上がった。

家で待っていろと言われただけで、なんのもてなしもなかったことに落胆しているのだろう。

「何をとぼけたことを言っているんですか。私たちは人間と敵対していることをお忘れなく。あなたたちには早く出ていってもらいたいだけです」

「エルフがいるってわかったんだから、もうそれでいいだろ」

それほどエルフに興味のない夜霧は淡々としたものだった。

「何か悩み事とかないの!?　そーゆーのを私たちが解決するような展開は！　その過程でエルフとの友情が育まれたり！」

「目下の悩みはエルフの森に人間が迷い込んだことですね。あなたたちがさっさと出ていってくれることで悩みを一つ解決できるのですが」

「うう……、嫌われてるのに図々しく居残るもんでもないよね……」

出ていけと急かされているようだったので、夜霧は立ち上がった。

「そういや、花川は？」

部屋を見回した夜霧は、ようやく花川がいないことに気付いた。

「途中でどっか行ったけど？」

「我々も暇ではないので、勝手にどこかに行った人のことまでは知りませんよ」

村の人々と出会うと面倒なことになる。そう言われて夜霧たちは、フワットの家でおとなしく待っていたのだ。

「今までもいつの間にかいなくなってたし、別にいいか」

「そうだよね。気付いたらいないよね、いつも」

よくあることだと夜霧は特に気にしなかったし、知千佳も同意のようだった。

「いや、おぬしら。少しは心配するそぶりとか、捜すふりぐらいはしたらどうなのだ……」

「花川だし」

「そのうちひょっこり現れるでしょ」

「では行きましょう」

花川に関して合意できたと判断したのか、フワットは家の外に出た。

夜霧たちもその後に続いた。

来た時もそうだったが、村の中は閑散としていた。

森の中にある小さな集落だ。それほど賑わっていなくても不思議ではないのだが、エルフがあまり出歩いていないのだ。エルフの手下である蟲猿のほうが多いぐらいだ。

「エルフの森が手薄になったのはエルフが減ったからなの？」

普段は森に入るとエルフが出てきて襲われる。だが、最近になってエルフが出てこなくなったと夜霧は聞いていた。

「人間にわざわざ教えることでもないですね」

防衛戦力が激減した。確かにそんな情報は敵対勢力に伝えるべきことではないだろう。

だが、言いぶりからすると減ったのは事実のようだった。

「俺がイゼルダを殺した影響だとしても、エルフにばかり被害が出るのか？」

夜霧は小声でもこもこに訊いた。

イゼルダは客船で倒した敵だ。

イゼルダは、己の因子を持つ生き物を世界中に用意していた。

その因子は普段は働くことなく潜んでいて、大半の者は自分がイゼルダであることを知らずに一生を終える。

だが、イゼルダ同士は世界中にネットワークを張り巡らせており、顕在化しているイゼルダが死んだとしても、どこからか復活を遂げるのだ。

夜霧も、イゼルダを殺した時には驚いた。夜霧は能力を行使した結果を把握できるが、その際に何百万もの人々が死んだ手応えを感じたのだ。

「ふむ。イゼルダとやらの生存戦略はよくわからぬが……エルフの総数が少ないのならそのようなことも起きるかもしれぬな。ランダムに因子をばらまいていたとしても、局所的な偏《かたよ》りは出るであろうし」

「そういうものか」

会話が弾む雰囲気でもないため、黙々と村の通りを歩いていく。夜霧はそこらに花川がいないかと一応捜してはみたが、姿は見当たらなかった。

夜霧たちは村を出て森へと入った。

フワットは迷いなく進んでいくが、夜霧はすぐにどこにいるのかわからなくなった。

どこを見ても同じような熱帯雨林のごとき景色だ。これで現在地を把握していろと言われても、普通は無理だろう。

「空間が循環してるみたいだったけど、どうやって出るの？」

巨大な樹木で囲われた六角形の領域外は、どこまでも森が続いていた。

空間が歪んでいるのか、ここは別世界のような場所になっているのだ。

「まあ、それぐらいなら教えてもいいでしょう。一定の順路で歩くと抜け出ることができます」

「やっぱり迷いの森か」

だとすると、なんのヒントもなくここを脱出するのは、ほとんど不可能だろう。

「……でも、森の真ん中って行かなくてよかったのかな？　なんかありそうだったけど」

知千佳はまだ気になっているようだった。

「行ってほしくないって言ってるんだから、興味本位で行くべきじゃないだろ」

もともとは脱出方法がわからず、とりあえず向かった先だった。

この森には東側へ抜けるために入っただけなので、余計な所に向かう必要もないだろう。

「エルフイベントほとんどなかったね……エルフの森……」

「そうかな？　結構あったような気もするけど」

フワットについていくと、森の中であっても歩きやすかった。

エルフはこの森を熟知しているのだろう。

よく見ないとわからないが、枝葉が邪魔にならず地面も平坦になっている道のような場所があるのだ。

「これ、あとどれぐらいで出られるの？」

「もう少しであなたが言うところの迷いの森に入ります。そこからは正しい道筋を進めば三十分程度というところでしょうか」

「迷わなければ案外近いんだな」

「迷うところまで人が侵入することは滅多になかったのですけどね」

これまでは人が森に入ってきた場合、すぐに撃退していたとのことだった。

だが、大半のエルフが突然死に、これまでのような戦力の運用ができなくなったのだ。

——俺のせいかもしれないけど、そんなあやふやなことを伝えても仕方がないよな。

証拠があるわけでもないし、夜霧の力とは関係がないかもしれない。

こんな状況で説明したとしても、フワットから見れば、ひどく曖昧で訳のわからないことを言っているだけになってしまうだろう。

あえて伝えることでもないと夜霧が考えていると、森が途切れ、何もない場所が現れた。

十メートルほどの幅で、何もない地帯が伸びているのだ。

フワットが立ち止まり、夜霧たちへ向き直る。

「この先が迷いの森になります。ここから先は正確に私の後を——」

ついてこい、というようなことを言いたかったのだろう。

だが、その言葉が発せられることはなかった。

フワットがその場に倒れたのだ。

「フワットさん？」

知千佳が驚きの声をあげる。

何者かの攻撃なのかもしれないがそれは夜霧たちを狙ってはおらず、夜霧は殺意を感知することができなかった。

夜霧はあたりを見回した。

鬱蒼としていて暑苦しい熱帯雨林の中は見通しが悪い。誰かが潜んでいるのかもしれないが、夜霧には何も見つけることができなかった。

「触丸だ」

もこもこが呆然とつぶやいた。

「どういうこと？」

「フワットの中に入れっぱなしだったのだが、それが鋭角化して内臓を破壊しおった」

「え？　もこもこさん、なんでそんなことを!?」

「違うわ！　触丸が制御不能になっているのだ！」

「何者かの攻撃？」

「ええ。デモンストレーションといったところです」

夜霧がもこもこに問いかけると、何もない場所から答えが返ってきた。

声がしたほうへ視線を向けると、何者かが姿を現した。

それは瞬間移動だったのか、姿を隠蔽していただけなのか。唐突に、その場に現れたのだ。

それは、人間ではなかった。

人のような姿ではあるが、その体表は金属質であり、関節部分には機械が見え隠れしている。

機械であることを隠そうともしない人型ロボットというところだろう。

頭部だけは人間の少女なのが、夜霧には不気味に思えた。

「そちらの少女二人も我々が提供した素材をお持ちですね。それは我々の制御下にあります。さて。あなたの力が我々を殺すのが早いか、我々が少女たちを殺すのが早いか、試してみますか？」

「何をどうしたいんだ？」

知千佳たちを人質にとるような真似をするということは、ただ殺したいわけではないのだろう。

「あなたが持つ、女神の欠片をお渡しいただきたいのです」

「何だそれ？　何か勘違いしてない？」

そう言われても何のことか、夜霧にはわからなかった。

今までに入手した物を思い出してみたが、女神に関する物は記憶にない。

物ではないのかもしれないが、それはもっと説明してもらわないとわからないだろう。

「いえ、あなたが持っていることは確実です。その反応を検知したからこそ我々はここへとやってきたのですから」

「それが欲しいならまずは普通に声をかければいいだろ。なんで脅迫から入るんだ？」

「我々は確実にそれを手に入れなければならないからですよ」

「だとしても話し合いから入ればいいと思うな！」

——さてどうしたものかな。

夜霧は対応を考えた。

目の前の相手が何者かは知らないが、脅迫の手口を見る限り脅威ではない。知千佳を殺そうとするなら実行する前に殺せばいいし、槐は人形なので守る必要もないだろう。

だがこの少女ロボットは、以前に列車に乗ってハナブサの街に向かっていた時に出会った巨大ロボットの関係者のはずだ。それがなぜ、今さら夜霧たちに関わってこようとするのか。

殺すとしても、まずはそれを聞き出す必要があった。

「もこもこさん。こうなると触丸を使い続けるのは危うくない？」

「そうだな……十分研究したつもりではおったが、バックドアのようなものがあるようだしな」

もこもこの同意を得たので、夜霧はまず触丸を殺した。

機能を停止した触丸は、黒い塊となって知千佳と槐の足下に落ちた。

「な！」

少女ロボットが驚いていた。

中身がどうなっているのかはわからないが、ずいぶんと感情をあらわにしている。

「なんだ。服と一体化してて一緒に脱げるとかじゃないのか」

「何を期待してるのかな!?」

「うむ。バトルスーツモードだったなら、期待通りにいったのだがな」

「これで脅しは通用しなくなった。で、聞きたいんだけど。あんたは、前に俺たちと出会った巨大ロボの仲間ってことでいいのか?」

「そのとおりですよ」

少女ロボットが驚いていたのはつかの間のことで、すでに冷静さを取り戻していた。

「じゃあ、ずっと俺たちを監視していたのか?」

触丸が彼らの制御下にあったのなら、夜霧たちの動向を探るのは簡単だったはずだ。

「まさか。我々の探していたものが見つかったのでそれを取りにきただけのこと。それを持っているあなたたちの容姿がデータベースに登録されていたので、使えそうな情報を利用しただけです」

「それが女神の欠片? 巨大ロボットもそれを探してた? でもそんな物持ってないけど」

最初から持っていれば、巨大ロボットも気付いただろう。

となると、この異世界で入手した何かということになる。

だが女神の欠片とはなんなのか。

女神が人のような姿をしているのなら、人体の一部なのかもしれないが、そんな気色の悪いものを入手した記憶などなかった。

「もしかして賢者の石？」

知千佳が言う。確かに、夜霧たちが意識的に集めているとなるとそれぐらいしかない。

「いや……だとするとちょっとおかしいような。巨大ロボが賢者から回収した素振りはなかったから」

それに、賢者の石が目的なら、ロボットたちはもっと積極的に賢者に襲いかかってもいいだろう。

だが、そのような事実はない。

侵略者《アグレッサー》と賢者は敵対しているが、それは現れた侵略者《アグレッサー》を撃退するために賢者が出向くといった関係なのだ。

「あなたたちがそれをどのように認識しているかはどうでもいいことですが、我々の欲している物はあなたの持つ鞄に入っています。それを我々に渡しなさい」

「と言われてもな。もしそれが賢者の石だった場合、渡すわけにはいかないし……」

夜霧は背負っていたリュックを下ろし、中を確認することにした。

このリュックは魔法のアイテムで、中は見た目よりも広くなっている。

中はいくつかに分かれているので、夜霧は貴重品を入れている区画に手を入れた。

「……ないな……」

「え!?　どういうこと！　ちゃんとそれに入れてたよね!?」

「うん。シオン、レイン、ライザの持っていた三つだ。間違いなく入れたはずなんだけど」

形状を思い浮かべるとそれを手に取れる仕組みになっている。

賢者の石は、手のひらサイズの丸い石なのだが、それがリュックの中に入っていないのだ。

「もしかして盗まれた!?」

「可能性はあるな……俺は殺意は感知できるけど、泥棒の気配までわかるわけじゃないし」

「ちょっと！　我々は砕かれた女神の欠片を――」

「今それどころじゃないから」

しびれを切らしたのか少女ロボットが言ってくるが、そんな謎のアイテムよりもこれまでそれなりに頑張って入手してきた賢者の石がなくなっていることのほうが重大事だった。

「まあ……中が広いだけの収納道具で、特段セキュリティが強いわけでもないしな……」

持ち主だけにしか取り出せないような機能はついていなかった。その気になれば誰でもこのリュックから中身を持ち出すことはできただろう。

「え、どうすんの!?　これまでの旅路は全て無駄!?」

「うーん。盗まれる可能性を考えてなかったのはまずかったな……いや？　何かあるな？」

貴重品の区画に、石ではない物が入っている。

とりあえず夜霧はそれを手にした。

生暖かくぶよりとしたもので、手にした瞬間に背を怖気《おぞけ》が走った。

「何だこれ？」

リュックから取り出し、しげしげと見つめる。

それは、肌色をしたなまこのようなものだった。

生きているのか、それは脈打っている。表皮には薄く青い血管のようなものが浮き出ていた。

「キモっ！」

知千佳がそう声をあげるのも無理はなかった。

「こんなのを入れた覚えはないけど……誰かに入れられた？　それともこれが――」

「女神の欠片！　それを渡しなさい！」

「嫌だ」

気持ち悪い見た目のよくわからない物だが、賢者の石の代わりに入っていた物だ。

そう簡単に渡すことはできなかった。

「ならば力尽くで奪うまで！」

途端に、周囲に轟音が響き渡った。

空を見上げれば、巨大ロボットが何体も浮かんでいる。どうやっていたのかはわからないが、今までは姿を隠していたのだろう。

「最初に会った巨大ロボットは話のわかる奴だったんだけどな……」

どうやら、あれとは違う個体のようだった。

7話　持っていいのか、本当に？　捨てちゃだめかな？

今上空に展開している巨大ロボット群は、やはり以前に見たのとは違う機体のようだった。

四本の腕、細身の体に装甲、額からは巨大な角が生え、顔には単眼が光っている。

大まかな部分では以前に見た機体と同じだが、背には巨大な翼状の機械を備えていて、大きく長い筒状の武器を四本の腕で保持していた。

「前見た奴に飛行ユニットを追加したみたいな感じか」

壮観だった。同じ武装をした機械群が、エルフの森上空を埋め尽くすように展開しているのだ。

当然目立つし、賢者の上空警戒網に引っかからないわけがないのだが、これだけの数を前にしては天使のような奴らものこのこと出てくるのは躊躇われるというものだろう。

「一応訊いておくけど、ロボットでも倒せるんだよね？」

「たぶん」

夜霧は自分の力が何にでも通用すると過信しているわけではない。

ただ、これまで通用しなかった相手がいなかったというだけのことであり、今後もそうだろうとなんとなく思っているだけだ。

「なあ。前に出会ったロボットは、俺を恐れて交戦しなかったんだけど、俺のことは聞いてないの？」

「もちろん聞いてますよ、だからなんだと言うのです？」

見下すように少女ロボットは顔を歪めた。

機械にしてはずいぶんと感情が豊かだ。わざわざ人を模した頭部を備えているだけのことはある。

「女神の欠片を巡っては神霊レベルでの争奪戦になることは織り込み済み。当然、対応できるだけの戦力を用意しているに決まっているでしょう！」

少女ロボットが片手を上げる。

すると、上空から光線が迸《ほとばし》った。

それは夜霧たちを狙ったものではなく、あらぬ方向へと発射されたのだが、その威力は絶大だった。

光線が通り抜けた場所では、木々が蒸発し、土塊《つちくれ》が上空へと巻き上がる。

それは森を一直線に切り裂き、何もない空間を生み出した。

「さて。今のは一体だけによる、しかも数百分の一に出力を抑えたものですが……どうです？　渡す気になりましたか？」

ずいぶんと外連味《けれんみ》にあふれた行動をとるロボットだった。

「デモンストレーションが好きなんだな。何を見せられても渡す気にはならないけど」

夜霧は手にしている、生暖かい肉の塊を見た。

気持ち悪いので渡してしまっても構わない気もするが、賢者の石が行方不明なので手がかりになるかもしれないこれを渡すわけにはいかないだろう。

「そうですか。これが最終通告となりますが、渡す気はないのですね？」

「うん。ないね」

「全砲門開放！　最大出力でこの地を焼き払いなさい！」

空に浮かぶ巨大ロボット群が一斉に、手に持つ砲を夜霧へと向ける。

砲の先端に、光球が発生した。

全ての力を解放するには時間がかかるのか、光球はゆっくりと大きくなり、輝きを増していく。

「二ついい？」

「どうしました？　今さら止められはしませんけど？」

命乞いでもすると思ったのか、少女ロボットは憐れむように言う。

「いや。あんたも巻き込まれるんじゃないかなと」

数百分の一であの規模なら、全力の攻撃はエルフの森ぐらいは簡単に消し飛ばしそうだ。

そうなればこの森にいる者は全滅するし、当然ながら彼女もその中に含まれる。

「これは、ただのコミュニケーション端末です。一つや二つ失われようと問題ありません」

「それと、女神の欠片?　これも焼き尽くされるんじゃないの?」

「この程度の攻撃で損なわれるようなものであれば、そもそも求める意味がありませんね」

どうやらこの肉の塊は、かなりの力を秘めたものらしい。

――なんでそんなもんが勝手にリュックに入ってたのかは知らないけど。

殺気がゆっくりと高まっていく。

それは逃れようもないほどの広さでこの一帯を覆っており、黒い靄《もや》のように夜霧には見えていた。

彼女は夜霧を舐めているかのように言うが、これほどの戦力を用意していたのだ。警戒はしているのだろう。

だが、夜霧の脅威度を彼女は見誤っているのだ。

「死ね」

一言発する。

すると、巨大ロボット群が消え去った。

「あれ?　落ちてこないのか?」

「そんな……別空間に配置してたのに……」

よくわからないが、別空間にいる本体か何かが死に、この空間への接続が断たれたのだろう。

「そんなんじゃ駄目って聞いてなかったのか?」

「なんで!?　一方的に攻撃できるはずだったのに!」

「本体はよそにあって、一方的に攻撃だけしてくるってずるいよな」

「いや、どうなんだろ。高遠くんが言ってもあんまり説得力ないよ？」

「とにかく、これを渡すつもりはないから諦めて」

夜霧がそう言うと、少女ロボットが倒れた。

何をしようとしたのかはわからないが、夜霧の能力が自動的に発動したのだ。

なので、少女ロボットは夜霧にとって致命的な何かをしようとしたのだろう。

「けっきょく、何が何やらさっぱりだな」

「でも、それを侵略者《アグレッサー》の人たちが探してるってことだけは間違いないよね？　ということは、また狙われるってこと？」

「もこもこさん。最初に会ったロボットに連絡取れる？」

「うむ。エネルギーと座標があれば帰り方を教えるという話だったしな……連絡はした。後は反応待ちだな」

もこもこは電波を発信できるので、それで連絡が取れるのだろう。

「フワットさんには申し訳ないことをしたね……」

夜霧たちに関わらなければ、こんなことにはならなかっただろう。

知千佳が沈痛な面持ちで言った。

「仕方あるまい。そんなことを言いだせば帰ろうとしなければよいということになるしな」

「俺たちがまったく悪くないとは言わないけど、殺したのはあいつだよ」

「まぁ……けっきょく、関わった誰かが死のうと、私たちは先に進むしかないんだよね……」

「亡骸《なきがら》は村に運んだほうがいいのかな?」

「それはそれで面倒なことになりそうだよね」

もともと人間を敵視している村だ。

どう説明しようと険悪な状況になるに違いない。

「その心配は無用だな。なにせエルフの村も壊滅しておるし」

「さっきの光線で?」

「うむ。デモンストレーションの光線が焼いた痕は、エルフの村方面へと一直線に続いておったからな」

もこもこは槐の身体から離れて上空へ飛び、被害状況を確認したとのことだった。

「えーと……そこら辺はもう見なかったってことで!」

「そうだ!　壇ノ浦としてはそれでよい!」

「ま、そうは言っても目の前に死体があるのもなんだから」

夜霧はリュックからシャベルを取り出した。

エルフの弔《とむら》い方はわからないが、放っておけば獣の餌になるだけだろう。

とりあえずは埋めておこうと夜霧は考えた。

「こーゆーのは触丸があると楽だったよな。殺したのはまずかった？」

「いや。あの場を乗り切ったとしても今後に不安が残った。もう安心して使うことはできなかったのだから、気にせずともよい」

どうにか穴を掘り、フワットを埋葬した。

気分の問題でしかないが、夜霧と知千佳は手を合わせた。

＊＊＊＊

しばらくして、空から巨大ロボットが降りてきた。

「久しぶり」

『……予め言っておきますが、先ほどの件には私は一切関知していません』

「言い訳から入ったよ、このロボ！」

「襲ってきた奴は、俺のことを知ってるみたいだったけど？」

『共有データベースを参照したのでしょう。私と彼女らは同じ陣営に属していますが、派閥が違うのです』

「あんたは、俺と戦わないという選択をとった。こいつらは違った。なんでだ？」

そこがわかっていないと、また同じような奴らが襲ってくることになる。

『おそらく、勝てると思ったのでしょう。あの時点での私は斥候《せっこう》用の装備しか持ち合わせていませんでしたから』

「あんたが探してたのはこれなのか？」

夜霧は肉の塊を掲げた。

『そのとおりです。お譲りいただくわけにはいきませんか？』

「今のところは無理だな。状況がわかってからなら考えないでもない」

ひどく曖昧な物言いだが、今のところはそのようにしか言えなかった。

『わかりました』

ロボットは素直に引き下がった。

「ところでこれは何なの？」

『神の一部です。世界間のパワーバランスが崩れるほどの、とても強力なものです』

「手に入れてどうするの？　他の世界を支配するのか？」

『上層部の考えはわかりません。ですが、他の世界を脅《おびや》かすつもりがなくとも、他の世界の手に委《ゆだ》ねるわけにはいきません』

「なんかめんどくさいな……」

渡してしまってもいいのではとも思うが、手にした奴らがそれをどう利用するのかがわからない。それでどこかの世界が滅亡するようなことがあれば、とても寝覚めが悪くなることだろう。

「以前におぬしは、座標とエネルギーがあれば帰れると言っていたな。座標は判明した。エネルギーはこの女神の欠片とやらで補えぬか？」

『確かに女神の欠片の持つエネルギーは膨大なものですが……今すぐにそれを利用する方法を私は知らないのです』

「そーいや、賢者の石もどうやって使えばいいのかわからなかったな」

「あの、今さらこんなこと言うのもなんだけど、よくそんな状況で石集めてたよね、私ら」

「賢者の石の使い方は、賢者に訊けばわかるかな、とか思ってたんだけどね。なあ。俺たちが元の世界に帰れるなら、この女神の欠片ってのは渡してもいい。俺たちが帰るだけのエネルギーを融通できないか？」

『……上層部とかけあってみます。ただ、少々お時間をいただくことになるかと思いますが』

しばらく考えた後、ロボットは答えた。

「それでいいよ」

今までどおり賢者の石は探す。だが、それと並行して別の帰還方法を検討できるならそれにこしたことはないだろう。

ロボットは飛び上がり、空中で消えた。来た時も同じように、瞬間移動してきたのだろう。

「で、女神の欠片か。別にこんなのいらないんだけど……賢者の石はどこいったんだよ」

夜霧は肉の塊をしげしげと見つめた。

生きているようなので、今さらリュックに収納するのも抵抗がある。

かといってずっと持っているのも気色が悪かった。

「ふむ。オッカムの剃刀《かみそり》という言葉があってだな。それはあることを説明するのに、余計な仮定をするべきではないという指針なのだが。要はシンプルに考えろということだ」

「で？」

「つまりだ。賢者の石がなくなって、その肉があったということはだな。賢者の石がそれに変化したのでは、ということなのだが」

「なんで!?」

「そうすれば謎の窃盗犯などを想定せずともよかろうが。それに我も一応は常に周囲を警戒していた。我に気付かれずに盗んでいくような者が相手だとするなら、もうそんなものはどうしようもないではないか」

「確かに。そんな超常的な奴が相手ならもうどうしようもないな」

盗まれたとして、誰が盗んだのか、今どこにあるのかなどわかりようがなかった。

「賢者の石って透明な丸い奴だったよね。時間が経つとこうなるってこと？」

「時間っていっても、あの石はずいぶんと前からあるもんだろうし……賢者の体内にある石は、賢者が死ぬと力を失うとか言ってたな。賢者の石の正体が女神の欠片だったとして、そんな程度のものなのか？」

「うーん……保留！　考えてもわかんないし！」

知千佳が投げ捨てるように言った。

確かに、現状でこれ以上はわからないので、考えるだけ無駄かもしれない。

考察するにはもっと情報が必要だろう。

「でもこれ、どうしたもんかな。壇ノ浦さん持っとく？」

「なんで!?　こーゆーのは男の役目じゃないかな！」

「これ、男とか女とか関係あるの？」

多少理不尽な気がしないでもないが、知千佳に押しつけるのもどうかと思い夜霧が持っておくことにした。

「俺が持つのはいいんだけど、こうやって手に持ったままってのもなぁ……うわっ！」

どうしたものかと肉の塊をやるせない気分で見つめていると、肉の塊がびくりと動いたのだ。

「やだな、これ。ん？」

肉の塊が震えている。

何事かと見ていると、目が合った。

つまり、肉の塊に目が現れたのだ。

「壇ノ浦さん……こいつ、目が出てきたんだけど？」

目と言っても黒い点のようなものでしかないが、それが光の受容器官だとなんとなくわかった。

「うわ。ほんとだ……形もなんか変わってきてない？」

「そうだな……目のある部分が頭かな？」

目のあるほうが大きく、反対側が少し細くなってきているようだった。

「これ……持っていいのか、本当に？　捨てちゃだめかな？」

「駄目でしょ！　私が持つのは嫌だけど！」

「ふむ……何やら、胎児の初期状態にも思えるような姿になってきたな。まあ、胎児が魚のごとき姿なのは、ごく小さなサイズの場合だけのはずだが」

「胎児なら、こんな空気中で雑に持っていいもんでもなさそうだけど」

だが、他にどうしようもない。

夜霧はそれを両手で、壊れ物でも持つように保持し続けるしかなかった。

8話　何のためにハナカワを攫《さら》うんだよ!?　あんなくだらねぇ生き物をよ！

「ハナカワの野郎はどこ行ったんだよ!?　逃げやがったのか、あぁ!?　あんだけ面倒みてやったってのによぉ！」

ヨシフミが苛つきを隠さずに叫んだ。

「面倒見てたかなぁ？　ほとんど、ほったらかしだったような」

レナが呆れたように言う。

「放っておいてやるだけでも、たいしたもんだろうがよ！」

ここはエルフの森の中。

賢者ヨシフミは神輿《みこし》に乗ってここまでやってきたが、神輿を担いでいた奴隷たちが全滅したので渋々歩いているところだった。

謎の女の襲撃に苛ついていたところ、花川が突然消えたのだ。

よほど腹立たしいのか、ヨシフミの機嫌はすこぶる悪かった。

花川がいなくなり、彼らは四人で行動している。

賢者ヨシフミ。四天王のレナと九嶋玲。賢者候補の三田寺重人がその構成だ。

帝国での重人の立ち位置は自分でもよくわかってはいなかったが、どうやら玲の部下という扱いらしい。

「おいシゲト！　ハナカワがどこに行ったかわかんねぇのかよ！」

「イレギュラーなイベントについてまではわからないですね」

三田寺重人のクラスは預言者《オラクルマスター》。運命を予見する能力を持っていた。

だが、何もかもを知ることのできる全知の能力ではないので、いきなり消えた花川の行方まではわからない。

重人にわかるのは、簡単に言ってしまえば進行しているイベントの攻略情報にすぎないのだ。

「くそっ！　ハナカワの野郎、今度会ったらただじゃすまさねぇ！」

「花川くんに私たちから逃げる能力なんてないはずだし、本人の意思じゃないかもしれないけど？」

「攫ったってか？　何のためにハナカワを攫うんだよ!?　あんなくだらねぇ生き物をよ！」

そのくだらない生き物を重用していたのはヨシフミでは、と重人は思ったが、口には出さなかった。

今は一応は部下ということになっているが、機嫌を損ねれば即座に死を賜《たまわ》ることだろう。余計なことはできるだけ言わないにこしたことはない。

「そういや変な女がハナカワを襲ってたよね。あいつが連れてったのかな?」

「くそっ！　どいつもこいつも俺様を苛つかせやがってよぉ！」

黒いドレスを着た女の件も謎だった。

突然現れて花川に襲いかかったものの、殺すわけでもなく突然消えたのだ。

花川に訊いても訳がわからないと言うだけで、その正体はわからずじまいだった。

「これで世界剣とやらまで手に入らなかったら、ストレスでどうにかなっちまいそうだ！　シゲト！　ちゃんと向かってるんだろうな！」

「はい。もうすぐ迷いの森を抜けます。そこから先はまっすぐ目的地に向かうだけです」

エルフの森は、大きく分けると外縁部、内周部、中央部と三つに分けられる。

この内周部がやっかいな場所で、空間が循環しているのだ。闇雲に進んでは同じ所を延々と彷徨うはめになる。

だが、重人は迷いの森の攻略手順を知っていた。

預言者《オラクルマスター》の力で、どう進めばいいのかがわかるのだ。ここは同じ所を何度も歩いているようでも、一定の順路を進んでいけば抜けられる仕組みになっていた。

この森には蟲が大量にいて、次々に襲いかかってくる物騒な環境だが、敵には玲とレナが対応していた。

玲のクラスは運命の女《ファムファタル》。異性を籠絡《ろうらく》する能力を持っており、それは蟲にも通じるものだったのだ。

なので、雄の蟲は玲が支配下において、雌の蟲を攻撃させる。

それだけでは対応しきれない場合はレナが対処していた。

レナの能力を重人は把握していないが、そつなく強かった。特別な力を使うことなく、身体能力だけで蟲を返り討ちにしていたのだ。

「めんどくせーな。おい、レナ。瞬間移動で俺を連れてったりできねーのか？」

「無理。私の瞬間移動は、逃げる敵の先回りをするとか、いきなり相手の後ろに出現するとかだから」

要は対象となる相手の周囲への移動であり、長距離の移動はできないとのことだった。

「使えねぇなぁ……」

ヨシフミは嫌々という様子で、だらだらと歩いている。

そうするうちに迷いの森を抜けた。

「まっすぐに行けばエルフの里で、そこが目的地です」

「ほー。エルフねぇ。世界剣はそいつらが守ってるのか？」

「いえ。里にある隠し通路から、封印の遺跡に進むことができるんです。それがもっとも早く世界剣に辿り着く経路です」

「よーし！　エルフはとっ捕まえて連れて帰ろうぜ！　今、うちにも何匹かいただろ。番《つが》いにして増やすんだ！」

「それは帰りにしない？　ぞろぞろ連れてくっての？」

「あー、拘束できる能力の持ち主がいねぇか……いや。玲ならどうにかできるんじゃねーか？」

「そうですね……男を支配下に置いて女を拘束して帝国へ連れていかせておくのは可能だと思います」

「よし！　それでいこうぜ！」

途端にヨシフミの機嫌がよくなった。

もう花川のことはどうでもよくなったらしい。

重人は預言書を参照し、歩きやすい道へと向かった。

一見ではわかりにくいが、枝葉が切り払われるなどして道として整備されている場所があるのだ。

道を辿っていくと、簡単に里まで辿り着いた。

「しょぼいな」

何を期待していたのか、里を見たヨシフミは落胆していた。

「そりゃー、こんな森の奥にある集落だしねぇ」

レナは当たり前だと言わんばかりだ。重人もこんなものだろうと思っている。

粗末な木造建築がぽつぽつと立っているだけの村だった。

「長老とかいるんだろ。そいつシメようぜ！」

「ここまで私たち結構働いてるからさぁ。ヨシフミもたまには動きなよぉ」

「いいぜぇ。たまには俺様の力も見せてやるかぁ！」

だが、ヨシフミが力を発揮する機会は訪れなかった。

なぜなら、エルフの里は綺麗さっぱり消し飛んでしまったからだ。

「は？」

「え？」

皆が絶句する。

目前を膨大な熱と光が通り過ぎ、後には何も残っていなかったのだ。

「何だ、これ……」

ヨシフミが素の顔になっていた。

「何でしょう……」

重人にもわかるはずがなかった。

＊＊＊＊＊

神から力を与えられて調子に乗っていたのも、今となっては昔のこと。

ビビアンは途方に暮れていた。森の中で立ち往生しているのだ。

ビビアンは一応は無敵だ。何者の攻撃も通さない盾を出現させることができるし、死んでも生き返ることができる。

なので死ぬ心配だけはないのだが、かといってどうしていいものかわからない。

ビビアンは、エルフの森の中にある遺跡を目指していた。

遺跡に到達はしたものの遺跡を守っている何かの攻撃を受け、あわてて逃げ出したところで神の使徒に襲われたのだ。

神の使徒は、冒険者のクリス。

エント帝国の西側で冒険を繰り広げていた悪名高き英雄だ。

クリスの襲撃により、兄王子と護衛の戦士は死んだ。

今生き残っているのは、ビビアンと姉のマチルダ、従者のマーヌだけだった。

「どうしよう……」

ここまで来て逃げ帰っていいものなのか。

エルフ達の防備が薄い今が千載一遇のチャンスなのかもしれないのだ。

今逃げ帰れば二度とここまで来ることはできないかもしれない。そう思うと何の成果もなしに帰るのは躊躇われてしまう。

だが、先に進むにしても遺跡には守護者がいる。

遺跡の中に入る前の段階で、一行が壊滅させられるほどの罠が仕掛けられていたのだ。遺跡の中にはより強力な防衛体制が敷かれていると想像するのは、当たり前のことだろう。

「ビビアン。一応言っておくけど、蟲除けの香には限りがあるよ。いつまでも悩んではいられない」

マーヌが渋い顔で言う。酷なことを言っているのはわかっているのだろう。

「そ、そうね！　とにかく前に進むべきよね！　幸い私は無敵なんだし！　何が出てきたって平気なんだから！」

一人で行くならどうにでもなる。

目的の物がどこにあるのかはよくわからないが、とにかく探してみるしかないだろう。

「ちょっと待って！　一人で行くっていうの！」

マチルダが慌ててビビアンにすがりついた。

いつもの高慢な態度はかなぐり捨てていて、怯《おび》えた様子を隠そうともしていない。

「こんなところに置いていかれるなんて嫌！」

ここが安全なわけではない。

遺跡から逃げてきて、とりあえず落ち着いた場所でしかなかった。

蟲が来ないのは蟲除けの香のおかげでしかなく、それもいつまで持つかはわかったものではなかった。

「でも、遺跡に行くよりはましなんじゃない？」

「何がましなのよ！　あの殺人鬼がまたやってくるかもしれないじゃない!?」

「一度帰って態勢を立て直すかい？　正直、ビビアンに全てを任せるのは不安だよ」

身の安全を考えるならそれが最善だろう。

だが、帰ったとして態勢を整えられるとも思えなかった。

護衛最強だったゲイルは死んだし、後継者たる王子も全滅した。

継承権は姫であるビビアンたちにもありはするが、いずれも跡を継ぐなどとは思ってもおらず、支配者たるべく教育などろくに受けてはいない。

香に限りがあるなら、一度帰ってしまうと、次は蟲に怯えながらの道中になる。

つまり、帰るということは世界剣オメガブレイドを諦めるということだ。

「やっぱり帰る？　国を取り戻すにしても、他の方法があるかもしれないし」

今は思いつかないが、何も世界剣のみが賢者を倒し、国を奪い返す唯一の方法でもないはずだ。

「他の方法って何!?　どうやって冒険者や賢者に勝つっていうの!?　最後の手段がこれなんじゃないの！」

だが、マチルダは楽観的に考えているビビアンとは違った。

こんなところまでついてきたのも、国の再興について真剣に考えた結果なのだろう。

「いや、どっちなのよ……」

「好きにおし。私はビビアンに従うよ」

従者であり、育ての親でもあるマーヌだが、自分の考えを押しつけようとはしなかった。

もっとも、マーヌもどうしていいのかわからないだけかもしれないが。

「じゃあ……みんなで行く？　こっそり行けば見つからないかもしれないしさ」

「そ、そうね！　最初は油断があったかもしれないけど、わかっていたらどうにかなるかもしれないわ！」

「まあね。進むにしろ帰るにしろ、遺跡には行かなくちゃならないからね」

旅に必要な物資は遺跡に放置されていた。臣下が荷運びをしていたが、遺跡の守護者に殺されてそのままになっているのだ。

今のビビアンたちはほとんど何も持っていないに等しい。これでは、帰るに帰れないだろう。

「じゃあ、これ持ってて」

ビビアンは盾を二つ出現させて、マチルダとマーヌに渡した。

「なんでも防げる無敵の盾なんだから！」

「最初から渡しといてって言いたいところだけど、ありがとう」

盾を構えながら慎重に遺跡へと戻る。

それほど離れていなかったのか、すぐに森は途切れて石畳のある場所まで辿り着くことができた。

「どう？」

「んー……巨大ゴーレムみたいなのは、また建物に戻ったみたい」

そこには石材を積み上げて作られた建物が立ち並んでいる。

先ほどここに来た際には、これらの建物が変形して襲いかかってきたのだ。

「中間あたりまで行ったら襲ってきたんだったかな」

マーヌが持つ導きの鈴は、目的地の方向に向けると微かに鳴る。

それによれば、この遺跡群の奥にある巨大な三角形の建物に世界剣があるはずだった。

「まっすぐ行っても同じことになりやしないかい？」

「じゃあ、端っこを行こう！」

「そんな単純な問題なのかしら……」

先ほどは、遺跡群の真ん中を通る大通りを堂々と進んでいった。

それがまずいのなら、そこは避けるしかないだろう。

「じゃあできるだけ端のほうに」

森と建物の境界に沿って動いていく。右端に辿り着いたところで、中央方向へと向きを変えた。

意味はないかもしれないが、できるだけゆっくりと気配を抑えながら進んでいく。

「真ん中あたりまでは来たかしら……」

「今のところは大丈夫そうだけど……」

「荷物はどうするんだい？」

「今は放置で。今回収しても邪魔になるだけよ！」

そのままビビアンたちはゆっくりと進んでいった。

かなりの時間をかけて歩いていき、目的地である巨大な建物が真左に見える位置にまで辿り着く。

ここからは建物の間を通っていくしかなかった。

「じゃあ慎重にね」

「ええ」

これまで以上に細心の注意を払いながら歩く。

何かが起こったところで慌てて逃げ出すぐらいしかできることはないが、それでものんきに歩くわけにもいかないだろう。

「まあ、このあたりの建物は小さいから、変形とかはしないんじゃない？」

「何の根拠もない希望的観測ですわね」

正面には、三角形の巨大な建物が見えている。何事もなければこのまままっすぐに進めばいい。

だが、そう簡単にいくわけもなかった。

地面が揺れ、建物が震える。

ビビアンたちの左右にある建物が、蠢《うごめ》きはじめたのだ。

「ここまで来たら一気に行くしかない！」

幸いというべきか、変形には多少の時間を要するらしい。

ビビアンは巨大な盾を出現させた。

それに車輪のように四つの盾を付加する。これで簡易的な乗り物が完成した。

「乗って！」

「これ盾なの!?」

三人は盾に飛び乗った。

車輪部分の盾を高速で回転させて、一気に加速する。

あっというまに建物の間を通り抜け、ビビアンたちは大通りへと飛び出した。

「抜けた！」

「こんなのできるなら最初からこれで突っ込んだらよかったんじゃ!?」

「気付かれないにこしたことはないでしょ！」

大通りにこの手段で突っ込んでも、巨人に左右から押し潰されるだけになったかもしれない。

これはあくまでも最後の切り札だったのだ。

「いける！」

ここから先には何もない。あとは一直線に目的地である巨大な建物へと向かうだけだ。

背後からは建物が変形した巨人が追いかけてくる。

だがビビアンのほうが速く、巨人たちは追いつけない。

「後は到着すれば……へ？」

ビビアンは目を疑った。

目的地である巨大な三角形の建物が、大きく震えていたのだ。

「もしかしてあれも!?」

それは当然のことだったのかもしれない。

大通りにある建物が変形するのだ。中央にある巨大な建物が変形して巨人になったとしても不思議ではなかった。

だが、まさかという思いもある。目的地の建物まで変形するのであれば、ではいったいどこへ向かえばいいのか。

「導きの鈴は、あいつの下を示してるよ!」

マーヌが鈴を動かしていった。鈴を巨大な建物に向けると鳴り響く。そして、下へと向ければより大きく響くのだ。

「地下ってことなの!?」

「とりあえず突っ込む!」

近づいてみなければどうしていいかはわからない。

ビビアンはそのまま直進した。

巨大な建物は、腕を生やし、脚を生やして立ち上がる。それは見上げるほどの大きさになり、大巨人ともいうべき姿へ変貌を遂げた。

「あった!」

大巨人の足下。

そこに、その巨体から比べればちっぽけな穴が開いていた。

大巨人が片足を上げる。ビビアンたちを踏み潰そうというのだろう。

だが、それはチャンスでもあった。

「巨大チェーンソーシールド！」

ビビアンは頭上に片手を掲げ、そこに巨大な盾を出現させる。そして大きく振りかぶり投げつけた。

巨大な盾が大巨人の軸足に激突する。ビビアンの盾では巨人どもを切り裂けないのはわかっている。だが、大質量をぶつければ衝撃は通るだろう。そのもくろみ通り、大巨人はバランスを崩してその巨体を傾かせた。

「ちょっと！　こっちに倒れてきますけど！」

ビビアンは慌てて向きを変えた。

倒れてくる大巨人から離れるように、全速力で突き進む。

大巨人が倒れ、遺跡群を押し潰した。ビビアンたちの乗る盾は、その振動で大きく跳ねた。

「チャンス！　今なら行けるよ！」

「その機転を最初から発揮していれば、皆助かったのではなくて!?」

「そんなこと言われても思いついたの今だし！」

ビビアンは乗っている盾を地下入り口へと向けた。

最大の障害である大巨人もしばらくは動けない。後を追ってきている巨人も引き離している。

今なら邪魔をする者はいない。

だが、想定外の出来事がビビアンたちに襲いかかった。

光だ。

訳のわからないほどの強烈な光を浴び、ビビアンの目の前が真っ白になった。

9話　私をただの可愛いだけの王女と思ったら、大間違いなんだからね！

ただただ白い一面の世界が、ビビアンの意識を暗転させる。

それは、途方もない熱量を秘めた光の帯であり、意識どころか全身を一瞬で焼き尽くした。

気がつけば、ビビアンは溶解した大地の上に倒れていた。

ビビアンは焼き尽くされはしたものの、自動蘇生能力《シールドアドバンスリザレクション》で復活したのだ。

「何が……」

上半身を起こし、あたりを見回す。

融《と》けて溝《みぞ》のようになった地面が一直線に伸びていた。

光が通り過ぎた跡なのだろう。そこには何も残ってはいない。遺跡群も守護者の巨人も大巨人も。

光はそこに存在した全てを焼き尽くしたのだ。

それは、侵略者《アグレッサー》が夜霧に見せつけるために放った光線だったが、そんなことはビビアンには知るよしもなかった。

「そんな……」

盾が二つ落ちていた。

マチルダとマーヌに与えた、全ての攻撃を防ぐ盾だ。

盾はボロボロになりながらも原形を止《とど》めていた。

だが、残ったのは盾だけであり、使用者を守ることはできなかったのだ。

この結果は、さすがに脳天気なビビアンでも応えた。

けっきょく、生き残ったのはビビアンだけになったのだ。

呆然としていたビビアンだが、しばらくしてよろりと立ち上がった。

生き残ったのなら役目を果たさなくてはならない。世界剣を手に入れて賢者を討ち、王国を復興する。今となってはそれができるのはビビアンだけになっていた。

ふらふらと歩いていくと、地面に開いた穴に辿り着いた。大地は融けたが、穴が埋まることはなかったのだ。

ビビアンは躊躇《ちゅうちょ》なく穴に飛び込んだ。

ただの人間なら墜落死するほどの深さだったが、ビビアンは足下に盾を出現させて衝撃を吸収する。

「ライトシールド」

周囲は暗くほとんど何も見えなかったので、ビビアンは光る盾を出現させた。

「ははっ……なんでもありじゃない……」

この能力をもっと使いこなしていれば、みんなは死なずにすんだのでは。後悔先に立たずとはこのことだった。

あたりは石造りで直線的な通路になっていた。

見える範囲だけでもいくつもの分かれ道がある。どうやら迷宮になっているようだった。

「サーチシールド」

すると、大きく矢印が描かれた盾が出現した。

思いつきで探し物を見つけられる盾を望んだだけなのだが、本当にそんな機能を持つ盾が出たようだ。

「世界剣の場所だけど、わかる？」

盾を手のひらに載せて水平に保持するとくるくると回りだし、しばらくして止まった。

この方向へと行けばいいのだろう。

矢印を頼りに進んでいくと、左右の壁から槍が飛び出してきた。

ビビアンは盾で攻撃を受け止めた。

さらに進んでいくと、酸が降り注ぎ、床が爆発し、背後から巨大な鉄球が転がってきた。

その全てを盾で防いだビビアンだったが、いちいち防御するのも面倒だと考えた。

「オートシールド」

ビビアンの周囲にいくつもの盾が現れ、宙に浮かんだ。

それらはビビアンへの攻撃に対して勝手に動き、防御するのだ。

侵入者を撃退するための様々な罠があったようだが、それらは全て盾が自動的に防いでいく。

盾の導くままに進んでいくと、ほどなく目的地へと辿り着くことができた。

そこには祭壇らしきものがあった。

古びた台座があり、そこに剣らしきものが突き刺さっていた。柄と鍔《つば》部分のみが台の上に出ており、剣身は全て台座の中に収まっている。

「封印を解けば持ち主になれるんだよね」

どうすれば封印が解けるのかはよくわからないが、とりあえず抜いてみるしかないだろう。

ビビアンは台座に足をかけ、柄を掴み、ゆっくりと力を入れる。

すると、拍子抜けするほど簡単に剣は抜けた。

「え？　こんなもんなの？　いや、でも正当な持ち主と認められたならあっさりしたもんなのかも
……って何これ！　錆《さ》びてる!?」

剣身には錆がびっしりと浮き出ていた。

それに、剣からは何の力も感じない。ただの錆びた鉄の塊としか思えないのだ。

「ちょっと！　ちょっと待って！　何これ！　じゃあこんなとこまで何しにきたって言うの！」

何かの間違いかと、ビビアンは剣を様々な角度から確認した。

だが。どこからどう見ても、錆びている剣でしかない。

これをどう使えば賢者を倒せるのか。ビビアンにはさっぱりわからず、途方に暮れるしかなかった。

「おう？　先客がいやがるが……どうやら間に合ったか？」

背後から男の声が聞こえてきた。

ビビアンが振り向くと、何人もの人影がこの部屋に入ってきているのが見えた。

「何者なの！」

「おいおいおい。皇帝の顔ぐらい覚えとけよ。国民ならよぉ」

「ヨシフミー。あんたの顔を見た奴はだいたい始末してるんだから、顔を知ってる奴なんてほとんどいないよ？」

「くそっ！　こんなシーンじゃつまらねぇ結果になるなぁ。もっとびびってもらいてぇもんなんだがよぉ」

鋲《びょう》のついたジャケットを着込んだチンピラ風の男。

それがどうやらエント帝国の皇帝であり賢者でもある、ヨシフミのようだった。

＊＊＊＊

エルフの里は消滅したが、その結果、隠し通路への入り口はすぐにわかる状態になっていた。建物と大地が融解し、地下に通じる穴が露出していたのだ。

エルフの里の隠し通路から進んでいくと、小さな部屋に辿り着いた。

壁の各所に魔力による明かりが灯されていて、中央に一段高い台座がある。

その台座のそばに先客がいた。

身体の周りに盾を浮かべている少女だ。

王族がエルフの森に向かっているという情報を聞いて、ヨシフミたちはここへとやってきた。

ならば、彼女がその王族なのかもしれない。

少女は剣を手にしていた。それが世界剣なのだろう。

だが類いまれなる秘宝を手にしているというのに、少女は何やら呆然としているようだった。

とはいえそれも、わずかな間だった。

ヨシフミたちの侵入に気付き、少女が振り向く。

「皇帝が自己紹介するってのもしまらねぇ話だが、仕方がねぇな。俺はヨシフミ。エント帝国皇帝だ。本来なら俺の皇帝としての顔を見た奴は始末するところだが、王族らしいからな。特別に俺の顔を見ることを許してやるよ」

ヨシフミの顔は国民にはほとんど知られていなかった。

一般市民が皇帝の顔を見るのは不敬であると法律で定め、見た者は死刑にしている。

だからこそヨシフミは、街中の酒場でチンピラのごとき態度で過ごすことができるのだ。

「あんたが……ヨシフミ……！」

「そういうことだ。で、それが世界剣か？　おいおいおい。どうやってそれで俺を倒すんだよ？」

その剣は、誰がどの角度から見てもボロボロだった。

柄と鍔はまだましな状態だが、剣身は見るも無惨な有様だ。

剣身は錆び付いて全体が茶色くなり、ところどころ欠けていて、いつ折れてもおかしくない状態だ。

実際、この状態の世界剣には何の力もないことを、重人は知っていた。

「知らないわよ！　けど、何か力があるんでしょ！　世界剣とかってたいそうな名前なんだから！」

少女もその剣の状態には不安を覚えているのだろう。だが、それを振り払うように叫び、ボロボロの剣を構えた。

「さあ！　世界剣オメガブレイドよ！　今こそその力を解放して、賢者を名乗る悪しき簒奪《さんだつ》者を打ち倒すのだぁあ！」

さらなる大声で少女は剣に呼びかける。

だが、その呼びかけに剣が反応することはなかった。

やはりその剣は、ただの錆びた鉄の塊でしかないのだ。

「で？」

ニタニタと笑いながら、ヨシフミが言う。

「いや、で？　とか言われても」

少女もどうしていいやら困惑しているようだった。

「シゲトぉ。世界剣ってのは本当にこれのことかぁ？」

「はい……ここにあると預言書には」

「ふむ……そいつは、イレギュラーな事態にまでは対応できねぇんだったな」

「はい。全てを見通すといったものではありませんので」

預言書では、そのイベントが始まった時点での攻略情報を知ることはできる。

だが、その後の不確定な事象によりイベントに変更があったとしても、それにまでは対応できないのだ。

「だったら、誰かがすり替えたとかか。まあ、それは別にいいわ」

わざわざこんなところまでやってきて世界剣がなかったとなれば、ヨシフミの性格だと激怒していても不思議ではない。

しかし、もう世界剣への興味は失われたのか、ヨシフミの関心は王族の少女に向けられていた。

――ここまではうまくいったか……？　あとは、どうにかしてアレを回収できれば……。

重人は内心、胸をなでおろしていた。

重人はヨシフミに操られているわけではない。あくまで玲の支配下にある。なので、ヨシフミには全てを告げないでおくことも可能だった。

少女の持っている剣は、世界剣オメガブレイドが真の姿を取り戻すために必要な依り代なのだ。

「そういやてめぇ、名前は？」

「誰があんたなんかに！」

「ビビアンな気がする」

「な！」

レナがヨシフミに告げると、少女はあからさまに驚いていた。どうやらビビアンで当たりらしい。

本人はいつもはぐらかすが、レナが心を読むらしいことを重人は知っている。

だがそれは、周囲の人物の声が常に聞こえているといったものではないらしい。対面でしか使えない能力らしいのだ。

なので、重人は極力レナと関わりを持たないようにしていた。

心に秘めた計画が悟られないように、慎重に立ち回っていたのだ。

幸いなことにレナは重人に興味がないようで、これまで話をする機会もなかった。

「そうかそうか。ビビアン王女様かぁ。えらいねぇ。俺様を倒す方法があると思ってこんなところまでやってくるなんてよぉ」

「くそっ！　馬鹿にして！　もういい！　世界剣なんて必要ないわ！」

ビビアンは手にしていた剣を放り投げた。

「おうおうやる気満々って顔だなぁ！　いいぜぇ。が、ラスボスの前に中ボスと戦ってもらおうか」

「えぇ？　私がやるの？」

「つまんねぇ奴だったら、俺様がやる価値はねぇだろ」

「はーい」

渋々といった様子でレナが前に出る。

ヨシフミは下がり、壁にもたれかかった。玲と重人はヨシフミのそばで待機した。

「私をただの可愛いだけの王女と思ったら、大間違いなんだからね！」

「なんか盾を呼び出す力を使ってくる気がする」

「だから何なのよ！　喰らえ！　シールド乱れ打ち！」

どこからか現れた大量の小さな盾が、レナに襲いかかる。

それは盾というよりも、ただの弾丸のようなものだった。

ごく小さな盾が、一気にレナに押し寄せたのだ。

「チェーンソーシールド！　ソードシールド！　スパイクシールド！」

チェーンソーや、剣や、棘《とげ》の付いた盾が、うなりを上げてレナに向かって飛んでいく。

「サンダーシールド！　ファイヤーシールド！　アイスシールド！」

ビビアンの周囲に浮かぶ盾が、雷を炎弾を冷気を放った。

もう、何が盾なのかわからない、何でもありな状態だった。

レナはそれらを全て棒立ちのまま、まともに喰らっていた。

「どう！　これだけ喰らわせれば――」

「というか、単純に攻撃力が足りないよね」

レナは無傷だった。

「そんな……」

「じゃあ次はこっちの番ね」

レナが詰め寄り蹴りを放つ。

その攻撃は、ビビアンの周囲に浮かぶ盾が動いて食い止めた。

「ふん！　どんな攻撃だって、防いじゃうんだから！」

「じゃあこれは？」

ポン。

そんな軽い音がビビアンの腹のあたりから聞こえた。

「え？」

ビビアンが自分の腹部を見下ろす。

血みどろになっていた。内側から破裂し、内臓が飛び出しているのだ。

「各種耐性は取りそろえてても、完全に防ぐってほどじゃないみたいだね」

「うそ……何なのよ、これ……」

ビビアンが倒れ、浮いていた盾も同時に地面に落ちた。

「これは……レナ様はどんな能力を……」

「レナは特別すげぇ能力は持ってねぇよ？　単純に強いだけだな」

重人はレナに負けた時のことを思い出した。

ただの蹴り一発で瀕死状態にされてしまったのだ。

「だけど！　私は死なないんだから！」

倒れていたビビアンが勢いよく立ち上がる。

その腹に怪我の跡はなく、服までもが元に戻っている。

「ヨシフミ。どうしよ、これ。キリがないんだけど？」

どうやらビビアンは無尽蔵の蘇生復活能力を持っているらしい。

これでは倒せはしても、いつまで経っても決着はつかないだろう。

「しゃあねぇなぁ。じゃあ中ボス戦は引き分けな」

ヨシフミがレナを下がらせ、前に出る。

自身で直接相手をする気になったようだった。

10話　幕間　神殺し募集。成功報酬一京《けい》クレジット

マルナリルナの天使の一人は、山頂にいた。

特に何があるという山でもない。ただそれなりに広い場所が必要だっただけだ。

天使たちはそれぞれが好き勝手に動きはじめていた。

天使たちは全員が同格であり、マルナリルナがいなくなって統制がとれなくなっているのだ。

「さてと。こんなぐらいでいいかしら」

幼い子供の姿をした天使が、山頂の荒野に巨大な図形を描いていた。

魔力により生み出した光の線をつないで、複雑な幾何学模様を作り出している。

魔法陣の類だ。だが、この図形自体が何かの力を持つ訳ではない。これはただの目印だった。

「暗殺者かぁ。どれぐらい報酬払えばいいのかしら？」

わざわざ別の世界から呼び出すのだ。

そこらにいるようなちょっとした腕自慢を呼んでも意味がない。

できるだけ強力で、確実に高遠夜霧を始末できるような者を呼ぶ必要があった。

高遠夜霧はマルナリルナを殺している。

マルナリルナにはたかが人間が相手という油断があったのかもしれないが、それでも神殺しをなしえた相手なのだ。

少なくとも、神に匹敵する実力者を雇わねばならないだろう。

「うーんと……特に伝手はないですし。相場はどんなものかしら？」

天使は高次情報レイヤーにアクセスした。

それは、物質世界の上位に位置する、様々な下位世界と緩やかに連結されている階層だ。

天使はこの世界を含むセグメントグループへアクセスし、そこにあるフォーラムを覗くことにした。

ざっと確認したが、さすがに大手を振って常時暗殺依頼を受け付けているスレッドはないようだ。

なので、天使は自らスレッドを作ることにした。

『神殺し募集。成功報酬一京クレジット』

相場がわからなかった天使は、かなりの額を設定した。

どうせ自分の金ではないからと、やりたい放題だ。

依頼の難易度をどう指定すればいいかわからなかったので、とりあえずは神を殺せるぐらいの実力者を想定して募集を開始する。

すると、すぐさま二件の応募があった。

それからもうしばらく待ってみたが、それ以上の応募はなかった。

どうやら、報酬が巨額すぎて不審に思われているらしい。

天使はその二件の応募者を確認し、眉をひそめた。

かなりたちの悪い輩だったからだ。

世界ごとに価値観も違えば、掟《おきて》も違う。世界をまたいでの統一されたルールなどは何もない。

だが、その素行からどの世界にも受け入れられない者たちがいる。

そういった輩は、各世界から出入りを禁止されるようになるのだ。

その二件の応募者はそういった連中だった。

一つは殺神鬼《さつじんき》だ。

各世界をふらりと訪れて、その世界を支配する主神を殺していく。目的は不明。だが、恐ろしく強い。その存在が知れ渡った後、どの世界もがそれの入界を拒否するようになった。

もう一つは〝海《かい》〟賊《ぞく》だった。

〝海〟は天盤と呼ばれる各世界を内包したより大きな世界であり、〝海〟賊はその名のとおり〝海〟を舞台に世界を荒らすならず者たちだ。当然のように各天盤世界から忌み嫌われていて、正規の手段での入界は許されていない。

この世界もそういった札付きの悪党については情報を共有していて、門前払いしている。名の知れた悪党は天蓋《てんがい》と呼ばれる境界を越えて、世界の内へと入ることはできないのだ。

「えー？　これどうなんでしょう……ま、いいですかね！」

こんな奴らをこの世界に呼び込めば大惨事になるかもしれない。

普通なら、選択肢に入ることはないだろう。

だが、天使は自棄になっていた。

マルナリルナが死んだ後の世界がどうなろうと、知ったことではなかったのだ。

天使はそれぞれに了承の旨を返事した。

ほどなくして、天使が描きあげた魔法陣の中心に何かが現れた。

白いコートを着込んだ、あどけない顔をした少年だった。

天使は、応募者に対して入界許可を発行し、転移先の目印として目の前の魔法陣を指定したのだ。

「こんにちは！　入れてくれてありがとう！　僕はタクミ。よろしくね」

殺神鬼のほうが先にやってきた。

「こんにちは。私はマルナリルナ様の天使で特に名前はありません」

「そう。じゃあね！」

そう言ってタクミはすたすたと歩いていった。

「ちょっと！」

天使は慌てて呼び止めた。

まだ何も詳しい話はしていないのだ。

「ああ。ごめんごめん。一応聞いとくよ。なんだっけ？」

天使は暗殺対象の名前、姿、判明している能力、おおまかな現在地について伝えた。

「成功報酬ですし、もうお一方にも依頼していますので早い者勝ちですよ？」

「そうなんだ」

「どういうことでしょう？　やる気がないのかしら？」

あまりの素っ気ない態度に天使は違和感を覚えた。

「うん。どうやってこの世界に入ろうかと思ってたら都合よく入れてくれる依頼があったしこれ幸いってところだね！　お金はあんまり興味ないかな！」

「そうですか……まあ、別にいいですけどね！」

どうせ成功報酬だし、これは数ある手の中の一つでしかない。一人目のやる気にこだわっても仕方がないので、天使は次に期待することにした。

「いいんだ」

「ええ。どうせあなたは様々なトラブルを引き起こして世界を混乱に陥れたりするんでしょう。それにターゲットが巻き込まれるかもしれませんし」

「そっかー。適当におちょくろうと思ってああ言ったんだけど、そう言われるとなんか申し訳ないなー。じゃあついでだけど見かけたらそいつを殺しとくよ」

「はい。お願いしますね」

タクミは歩いて山を下りていった。

しばらくして、魔法陣の中心にまたもや何かが現れた。

それは、数十体の何かとしか言いようのない異形の集団だった。

巨大な肉の塊。雑にパイプを組み合わせたような機械人形。眼球だけを寄せ集めて作られた円筒。

赤い糸をより合わせたような人型の何か。

そんな、わけのわからない存在がひしめき合っているのだ。

天使は、少しばかり後悔した。

世界がどうなってもいいと自棄になっていたとしても、これだけは呼ぶべきではなかったのではないか。そんな思いが心の片隅に湧き上がったのだ。

その異形の集団から、人の形をした者が出てきた。

他の者に比べればまだ人間に近い存在なのだろう。

形だけは人そのものだ。だが、それは黒かった。そこだけ空間を切り抜き暗黒の世界を垣間見せているかのように、全ての光を吸収しているかのように、平坦な黒い影のようなものとして存在しているのだ。

見た目は黒いだけの人間で、異形というほどではないのかもしれない。

だが、天使はそれをおぞましいと感じていた。

他の異形とは比べものにならない邪悪な空気をまとっているのだ。

その存在感は圧倒的であり、この集団を牛耳る存在なのだとうかがい知れた。

「はじめまして。ご依頼ありがとうございます」

影は、抑揚のない平坦な声を発した。

「え？　あ、はい、どうも。〝海〟賊なんですよね？　こういった依頼も受けているのかしら？」

「そうですね。普段は〝海〟賊らしく掠奪《りゃくだつ》をしておりますが、今回は報酬が魅力的でした」

共通信用通貨《クレジット》は実体としては存在しないものなので、単純に奪うことはできない。

それは取引においてのみ発生するものだった。

なのでたとえ〝海〟賊がこの世界を滅ぼすほどの戦力を持っていたとしても、マルナリルナの資産を奪い取ることはできないのだ。

「では、こちらがターゲットです」

天使は〝海〟賊たちにも高遠夜霧の情報を伝えた。

「ありがとうございます。こちらのタグ情報はそのまま使わせていただいても？」

天使が描いた魔法陣のことだ。

これは外部から検索する際の目印として機能している。

「あ、はい。それは構いませんけど、どうしてです？」

「我々は〝海〟賊。徒党を組んだならず者です。人数はこの程度ではありませんよ」

急にあたりが陰り、天使は空を見上げた。

そこには船が展開していた。

一つ一つが〝海〟を往くための巨大な船で、それが空を埋め尽くすように存在していたのだ。

「その、ここまでする必要ってあるのかしら？」

どれほど強いかはわからないが、相手は人間の少年が一人。

天使には、これほどの戦力が必要だとは思えなかったのだ。

「一京クレジットの大仕事です。出し惜しみはしませんよ」

黒い影に表情はない。だが天使には、それが嗤《わら》っているように見えた。

＊＊＊＊

「神々の世界は弱肉強食。そこにルールはなく、ただ強者の意思のみがまかり通る。とはいえ、子供の喧嘩に親が出てくるのは少々大人げないんじゃないかな？」

神の座。

極彩色の建物が建ち並ぶ、世界を管理するための場所だ。

そこにある広場で、降龍はある神と対峙していた。

慈愛に満ちた笑みを浮かべ、全てを包み込むような神々しいばかりの神気を放つ女神が立っている。

マルナリルナを創造した神なので当然マルナリルナよりも神格は上で、マルナリルナの半分にも勝てそうにはなかった降龍ではとても太刀打ちできる相手ではない。

なので、降龍は危機的状況にあった。ちくりと嫌みを言ってみるぐらいしかできなかったのだ。

「さて。どうしたものでしょうね。おっしゃる通り、とっくの昔に独り立ちした娘の後始末をするために親がしゃしゃり出るというのは非常に格好が悪い、とは私も思うのですが」

マルナリルナの天使たちが彼女を呼んだようだ。

この世界の入界許可の基準は以前から緩いものだった。よほどの要注意人物以外は自由に出入りできるのだ。

「これ、落とし所ってどこにあります？　僕が死ねばいいのかな？」

「まあ、その程度の感覚ですよねぇ。我々にとっての死って」

マルナリルナもそのうちに蘇ると思っているのだろう。彼女はそれほど深刻には考えていないようだった。

「私としましても呼ばれたから来ただけですし。どんな手段を使われたとしても負けて死んだほうが悪いとしか」

「だったら――」

もう帰ってほしかった。だがそううまくはいかないらしい。

「ですが、あの子の意思を継いだ天使たちの願いを無下にもできないんですよ」

「願いとはなんです？」

「世界を爆散させたいと」

「そりゃ無茶な話ですね」

さすがにそんな要求は聞けなかった。

「いえ。あの子を殺した何かを倒せなかった場合の最終手段とのことでしたが」

「そうなると、僕も仇《かたき》なのでは？」

「いえ。あの子たちも神に仕える身ですからね。神を害そうという思考にはそうそうならないと思いますよ」

神が神に殺されたことは納得できるらしい。天使たちにとっては、たかが人間に神が殺されたことが重大事のようなのだ。

「ふむ……そういえばマルナリルルナの片割れを殺したのは、あれなんですが、ご存じでした？」

「あれとは……あれですか？」

あれと言われても普通は何のことだかはわからないし、まともな会話にならない。

だが、あれを知る者は、言外の雰囲気から何を示しているのかを推察することができる。

「まさか……なぜあれが、こんなところに!?」

「この世界、半分ぐらいは賢者って連中が仕切ってるんですけど」

降龍は、高遠夜霧が賢者によって召喚され、この世界を旅している事情について簡単に説明した。

「……あれについては知るだけでリスクがあります。……遭遇する可能性などほとんどないのですから、知らないことによるメリットのほうが大きいはずだったのですが……」

知っていればあれについて考えてしまうこともある。

考えてしまえば神の力があれに及ぶ可能性もあるだろう。

その場合どうなるか。その力があれを害するようなものなら、即座に返り討ちにあう。

なのでこの女神は、マルナリルナにはあれについて何も伝えなかったのだ。

「ああ！　こんなことを言うのもなんですが、僕、あれに接触したんですよ」

「急用を思い出しました！」

そう言い残して女神は消えた。

あれを恐れて慌てて逃げ出した。そうとしか見えない態度だったが、取り繕う暇もなかったのだろう。

「さて……夜霧くんには悪いけど、帰り方を教えるのはもうちょっと先のことになるかな」

今、この世界は実にきなくさく、降龍の力だけでは対応しきれない可能性が高かった。

だが、高遠夜霧を放置しておけば、勝手にそれらとぶつかってある程度はなんとかしてくれるかもしれない。

すでに夜霧とはかなり関わってしまっているのだ。どうせならとことんまで利用してやろうと降龍は考えていた。

ACT 2

11話　あいつ、なんだかんだいろいろあっても生きてる気しかしないんだよな

「なんかさらに大きくなってきてるような」

賢者の石の代わりとばかりにリュックに入っていた謎の肉塊を、夜霧は両手で持っていた。

もこもこは、賢者の石がこれになったのではないかと言うが、夜霧はその説を信じ切ってはいなかった。なぜなら、その肉塊には透明な丸い石だった痕跡がまるでないからだ。

「ふむ。手足が生えてきとるな。やはり何かの胎児なのかもしれぬ」

「リュックに入れたら駄目だよね？」

「当然、駄目でしょ」

知千佳は自分では持つ気がないのに平然と言った。

「いつまで持ってりゃいいんだ……」

先ほど襲ってきたロボットはこれを、女神の欠片で、多少の攻撃では損なわれないと言っていた。なのでそれほどデリケートなものではないのだろうが、感触は生暖かく表面は柔肌であり、地面に置いたりするのは気が引けたのだ。

どこかに置くにしても、柔らかい毛布などの上に横たえたいと思ってしまうのだった。

「まずはどこか落ち着ける所に行こうよ」

「エルフの里は壊滅しおったしな」

「となると……やっぱり最初に目指してた遺跡っぽい所か」

他は森ばかりなので、選択肢はほとんどなかった。

もこもこが偵察のため、槐から離れて上空へと飛び、すぐに戻ってきて報告した。

「この一直線に焼き払われた先だな。遺跡も一部壊れておるが、建物の類はまだまだ残っておる」

「じゃあ行くか。壇ノ浦さん。たまに替わってくれたりは？」

「えーと……噛みつかれたら嫌だし……」

「噛むって……あ。口までできてる……」

目がある部分が頭だろうと思っていたが、そこには鼻、口、耳といったものまでできつつあった。

「まだ歯は生えてないみたいだけど」

だが、知千佳の言うことにも一理ある。

肉の塊だった物は、ゆっくりと生き物としての形を整えつつあった。今はまだなんの反応も見せていないが、そのうち意識に目覚めるのかもしれない。その際に、これが夜霧たちに牙をむかないとは言い切れないのだ。

なので最悪の場合は即座に殺すことのできる夜霧が持っているのが、一番よいのだろう。

「まずは遺跡に向かうか」

もこもこが操る槐が先に行き、知千佳と夜霧が後に続いた。

一直線に焼き尽くされているため障害物は何もない。とても歩きやすく、それほど苦労せずに遺跡が見える所まで辿り着けた。

「ここもすごい被害を受けてるな。人が住んでる雰囲気はないけど」

階段状に石材を積み上げた建物が建ち並んでいる。とても古い物のようなので、やはりここは遺跡と言っていい場所だろう。

建物は規則正しく格子状に並んでいて、そこを斜めに光線が通り過ぎたようだ。

光線が通り過ぎた部分に何もないのは、これまで見てきた光景と同じだった。

「でっかいピラミッドみたいなのあったよね？」

「あったが光線で消し飛んだようだな」

「あれが重要イベントが発生する場所だったとしたら詰んでるよね……」

何かがあるとしたら、遺跡の中央にある巨大な建物だった気は、夜霧もしていた。

だが、遺跡を探索に来たわけでもないので、それはどうでもいいとも言える。

「とりあえずそこらの家に入ってみようよ」

「人はいないっぽいけど、だとすると人が休憩できるような造りになってるのかな？」

だが、とりあえずは行って確認してみるしかない。

三人は一番手前にある建物に向かった。

すると大地が揺れだした。

「地震？」

知千佳が首をかしげる。

その目前で、建物がぐらぐらと大きく震えている。

それは大きく上へと伸び上がり、手を生やし、足を生やして巨大な人の姿を取りはじめた。

「死ね」

夜霧が言うと、それはぴたりと動きを止めた。

変形していたのは目前の建物だけではない。他の遺跡群もそれぞれが変形の途中で固まっている。

「もこもこさん」

「なんだ」

「場合が場合なら異世界古武術無双！　みたいなこと言ってたでしょ」

「だな」

「こんなん相手にすんの無理だよね!?」

「うーむ。大百足《おおむかで》でもドラゴンでも、生き物ならどうにかなる気はするのだが」

「するんだ」

「まあ、壇ノ浦流は常に進化する！　それはそれで状況に合わせてどうにかしてもらいたい！」

「子孫に投げっぱなしにしないでくれるかな！」

一通り、殺意のあった建物は殺した。

この場合、建造物としての形はそのまま残っている。死んだ建物がどれほど永らえることができるかはわからないが、少しの間逗留するぐらいなら持つだろう。

「ここは使えそうだな」

夜霧たちは、ほとんど変形していない建物に向かった。

入り口らしき開口部から中に入る。

中には石造りのテーブルと椅子が床に固定されていた。

変形して動くような建物だが、一応は中で人が過ごすことも考えていたらしい。

「屋根があるだけましだよね！」

「ジャングルの中より多少はね。壇ノ浦さん。リュックの中に毛布があるからそれを出してよ」

知千佳が夜霧が背負うリュックから毛布を取り出す。

毛布を床に広げて、三人は腰を下ろした。

夜霧はようやく、手に持っている謎の生き物を毛布の上に下ろした。

「これ……女の子だな」

「マジマジと見んな！」

ここに来るまでにそれは人間の新生児ぐらいの姿になっていた。

「肉のうちに捨てとけば……」

少々後悔する夜霧だった。これから先、さらに面倒なことになっていく予感しかしない。

「もう無理だよね。赤ちゃんだもん、これ……」

「女神の欠片とか言っていたが。欠片というぐらいだから、他にもこんなのがいるということか」

「臍《へそ》がないんだな」

腹はつるりとしていて、人間にならあるはずの臍がなかった。

だが、それが人間と違うのはそこぐらいのものだろう。

「ふむ。その昔、神学論争のネタであったな。神が作り出した最初の人間には臍があるのか？　というものだが」

「本気でどうでもいい論争だね……」

「けど、裸でほったらかしでいいものか」

「そういやオムツとかいるのかな？」

「というか、これが本当に人間の赤ちゃんみたいな存在なら俺らにはどうしようもなくないか？」

「赤ちゃんの世話ってこと？」

「ミルクをあげたり、オムツを代えたりがいるんだろ？　壇ノ浦さんは得意？」

「いやー。私は末っ子だし、赤ちゃんの世話をしたことは……あ、もこもこさんは？　私の先祖ってことは子供を産んだわけなんでしょ！」

「うむ！　当たり前の話だな！　だが、子育ての経験などないわ！」

「えらそうに言わないでくれるかな！」

「乳母がやっておった！　ある程度育ってからは、武術の修行をつけたりはしたが！」

「やっぱ役に立たないな！　守護霊とか言っても！」

夜霧はリュックから適当な布を取り出し、赤ん坊に巻き付けた。

こんな適当なことでいいのかはわからないが、何もしないよりはましだろうと思ってのことだ。

「これ、寝てるのかな？」

「生きてるとは思うんだけど」

呼吸はしているようだ。脈動もあるし、血色も悪くない。

だが今のところ泣いてはいないし、目を開けてもいなかった。最初は眼球だけが露出していたが、いつのまにかまぶたができていたのだ。

「まいったな。こんなことになるとは想像もしてなかったよ」

「置いてくわけにもいかないし」

「誰かに預けるにしてもここには人がおらんしなぁ」

夜霧からすればぽっと湧いて出てきた赤ん坊だ。人に渡して済むのならそうしたいところだった。

「で。とりあえずここまでは来たけど」

「うむ。いろいろと振り出しに戻ってしまった感はあるな」

「迷いの森を抜ける方法をあらかじめ聞いとけばよかったね……」

「教えぬだろう。人間に出入りされては困るのだしな」

教えて済むならフワットは案内をしなかったはずだ。

「脱出方法でわかってるのは三つか。一つ目は正規の順路で迷いの森を抜ける。でもこれはもう無理な可能性が高い」

「里が全滅したからか。だが、全てのエルフが里にいたとも限るまい」

「エルフの生き残りを一応探しはするけど、あまりあてにはできないかな」

生き残りがいれば協力を求めることはできるだろう。だが、人間とエルフの関係を考えれば素直に協力してくれるとも思えなかった。

「二つ目は上空から脱出。けど空を飛ぶ手段がない。なので一番手っ取り早いのは三つ目。森を殺す」

迷いの森の中は空間が循環しているが、それは森の木々を利用した術らしく、大規模な森の破壊により無効化できるのだ。

「ただ。俺の能力で広範囲に殺すってのは、できればやりたくない。そういうなんだかよくわかんないのを殺すのは苦手なんだよ」

森などといった大雑把な場所を殺す場合、範囲の特定が難しいのだ。下手をすれば世界全体に影響を及ぼしかねなかった。

「あの。こんなこと今さら言うのもなんなんだけど」

知千佳が言いにくそうに切り出す。

「花川くんはどうなったのかな？」

「あ」

エルフの里は消滅した。

花川とはエルフの里で別れたのだ。もしそのまま滞在し続けていたのなら、一緒に消されてしまっているだろう。

花川には回復能力があるといっても、森を一瞬で消滅させてしまうような光線だ。喰らえば即死のはずだった。

「でも、あいつ、なんだかんだいろいろあっても生きてる気しかしないんだよな」

一瞬、まずいような気がした夜霧だったが、花川が死ぬところを想像できなかった。

「そう言われれば別に心配しなくてもいいのかなって気がしてきたね！」

話題を振ってきた知千佳も、あっさりとしたものだった。

＊＊＊＊

「拙者がアニメや漫画の登場人物だったとするでござるよ。で、背後から刺されたぁ！　大ピンチ！　ってなっても、悲しいことに誰も心配しないと思うのでござる！　まあ、この通り生きてるんでござるけどね！」

刃物を背中に刺されて、胸まで貫通した。

だがこの程度で花川は死なない。

即死ではなく、意識があり、魔力が残っているという状況であれば、花川はどれほどひどい傷であっても完治することができるのだ。

花川は、死んだふりをしていた。

刺されて倒れ、そのまま地面にうつ伏せになっていたのだ。

そして、気配が遠ざかり、時間が経つのを待っていた。

しばらくして、もう十分だと判断した花川はゆっくりと立ち上がった。

あたりを確認する。

誰もいなかった。いると言っていいのかは釈然としないが、バラバラになったカルラがそのあたりにぶちまけられているぐらいだった。

「いやあ、拙者、死ににくくはありますが、勝つこともできませんからな！　じっとしてるのが一番でござるよ！」

背後からの一突き。致命傷に見えても不思議ではないだろう。実際、回復魔法を瞬時に使っていなければ、数分で死んでいたはずだ。

「ふむ。カルラ様をいきなりバラバラにしたぐらいなので猟奇的な趣味を持ったただの殺人鬼という線も考えましたが……」

クリスと名乗った冒険者の女は、花川をバラバラにはしなかった。一刺しで満足したのか、それ以上は手を出さなかったのだ。

「まあ理由などわかりませんしそれはもうどうでもいいでござる！　とにかく助かったのですからエルフの里に戻って――」

そう思った瞬間、轟音が森を揺らした。

何が起こったのかはよくわからない。だが、それが災厄じみた何かであるのだと花川は本能的に悟った。

「――あっちはエルフの里とかあるほうだったような……」

里に戻るのはやめようと花川は即座に判断した。

「さて。今後の方針ですが……ヨシフミ殿に出会うのはまずいでござる……」

花川が意図してヨシフミのもとを離れたわけではないが、それはヨシフミにはわからない。きっと逃げ出したと思っていることだろう。

そして、ヨシフミは逃げ出した花川を許さないはずだ。

「となるともう帝国には行けないのでござる」

帝国周辺は四天王のアビーによって監視されている。近づけば花川の所在はすぐにばれるだろう。

「なのでこの島からは脱出したいのですが、港は帝都にあるんでござるよね……こっそり行こうとしても、本気になったヨシフミ殿の目をかいくぐるのは不可能な気もしますし……」

賢者にして皇帝であるヨシフミだ。この島においてはどんな無茶も押し通せるだろう。

四六時中、全域を監視しつづけるのも不可能ではないはずだ。

「ふむ……召喚能力でどうにかならんでござるかね……」

何も花川を無条件で愛してくれる美少女などというありえないような相手でなくともよい。

多少は好意的で、この危機から救ってくれるぐらいの何者かを喚べないかと思ったのだ。

「まあとりあえず検索ウィンドウでもながめてみますか。何かいいアイデアを思いつくかもしれませんし」

花川はシステムウィンドウを表示し、スキルコマンドを選択した。

スキル一覧が表示されるので、そこから『なんでも召喚』を選択しようとする。

だが、その一覧に『なんでも召喚』は表示されていなかった。

「あれ？　一番下にあったはずでござるが？」

スキル一覧を何度見なおしても、『なんでも召喚』は見つからなかった。

「どういうことでござる？　やはり、マルナリルナが死んだから消えたとかでござるか？」

「いえいえ。それは私が神から得た能力が、斬りつけた相手の能力をランダムに奪うというものだからですね」

背後から声が聞こえ、花川は振り向いた。

クリスが立っていた。

「なんで!?　どっか行ったのではなかったのですかぁ！」

花川は、クリスが匂いを辿ってそばに移動するという能力を持っていることを思い出した。

「そうですね。一発で当たりスキルが出たので、それでいいかと思ったのですが」

「だったらなんで戻ってくるのでござる！　拙者なんてもうどうだっていいでしょうがぁ！」

「そうですね。後は外ればっかりかな、というのはなんとなくわかるんですが」

「外れと言われるのもちょっと癪に障るものがありますが、他に持ってるのは回復系スキルだけで、特別なものではないでござる！　それともなんですか！　とどめをさしにきたのでござるか！」

「うーん。回復スキルとかあなたの生死とかはどうでもいいんですが……さっきの人からいろいろと能力を得た結果、味覚が変わってしまったようでして」

「え!?」

花川は思わず後ずさった。

「美味しそうだなと」

「拙者にとってはなんにも変わってないじゃないですか！　勘弁してくれでござるよ！」

花川はいまだ危機から逃れられてはいなかった。

12話　あれ？　ですが、その場合、拙者も死ぬのでござるかね？

「あなた、拙者を食べたいと。そうおっしゃるんでござるかね？」

「そうですね。美味しそうとは思うのですが、さすがに人間を食べるのには抵抗があります」

「その感覚を大事にしていただきたい！　それは人間としてとても大事な心だと思うのでござるよ！」

少なくとも、今すぐ飛びかかってむしゃぶりつくというほどに飢えているわけではないようだった。

「なんでもかんでも奪ってみるものではないですね。常時自動発動のスキルを奪ってしまうと制御ができないわけですし」

「はぁ。その。それで拙者をどうしたいので。あなたの目的がよくわからないのでござるが」

「目的……」

クリスが考え込む。

花川には信じられなかった。彼女には即答できるような目的がないのだ。

――なんなんでござるか！　たいした目的もなく拙者を殺そうとするなど！

そう思うも言えるわけがなかった。

相手は圧倒的な強者であり、彼女にとって花川は吹けば飛ぶような存在なのだ。

「ああ、すみません。少しばかり混乱してまして……先ほどの方から強力なスキルを一気に大量に奪ってしまったためか、それを統合するために私の心の中は嵐のような状況なんです」

「はあ。さようでござるか」

「それで、目的でしたか。私の目的はできるだけ楽に人生を過ごすことなのですが」

「その、人生の目的といった大きな話ではなくてですね」

「かといってそれは、腐れ果てた王侯貴族のように富に飽かして漫然と日々を過ごすことではないのです」

「まあ、それはそれでうらやましい状態でござるが」

「自分の持ち得る才能を最大限に活かすことができれば、それは一つの幸せな人生かと思うのです。私は昔から身体を動かすのが得意でして、たいていのことは一通り見るだけで習得することができました」

「だから人のスキルを奪うってスキルを与えられたのでござるかね」

「そんな私にとって冒険者というのは天職だと思うのです。適当にモンスターを狩っていれば収入と名誉が得られる。こんなに楽なことはなかったのです」

「それが幸せなのでしたら、それを続けていればよかったのでは？」

こんなところで自分のような者に関わろうとしないでほしいと思う花川だった。

「ですが。人の強さというものには上限があります。適当に過ごしているだけではすぐに頭打ちになりました。人づてに聞いた話では、上限に達した状態でも死に物狂いの修行を続ければ限界を突破することができるらしいのですが」

「ああ。限界突破系のスキルですかね。人によっては当たり前に持っててむかつくでござるが」

花川と同じく、二度目の召喚をされた東田《ひがしだ》亮介《りようすけ》と福原禎章《ふくはらよしあき》は持っていた。そのスキルがあれば人間の種族限界であるレベル99を越えることができるのだ。

ギフトを得てレベル99まで成長できるだけでもそれは一つの才能であり、ここまで達するだけでも相当の努力が必要だ。

実際、そこはたいていの人間にとっての到達点であり、特別な人間以外にその先はない。

だが、ごくまれに必死の努力によってその限界を超える者がいる。レベル99を越えることは不可能ではないのだ。

「ですけど、私、無駄に終わるかもしれない努力をするのが嫌でして」

「あ、しないんでござるね。努力」

「そこに、斬りつけるだけでスキルを奪うことができる力をいただけたわけです」

「はあ。それはわかりましたでござる。そうすると、もう目的は達成したのでは？」

「いえ。この力には条件があります。タカトーヨギリという方を殺さないと失われてしまうことはご存じかと思いますが」

マルナリルナのどちらかを夜霧が殺し、もう一方は逃亡したことですっかり終わった気になっていた花川だったが、クリスに言われてその条件とやらを思い出した。

夜霧を殺した者にだけ使徒としての力が残るが、他の者は力を失うのだ。

「ええ。私はこの力を失いたくないのです」

「えーと。拙者は力とかどうでもいいですので、勝手にやっていただいたらと」

すでに力を奪われてしまっている花川からすれば、本当にどうでもいい話だった。

「一定期間内にタカトーヨギリに挑む者がいないと、使徒は皆死んでしまうとか。もう使徒も少なくなったようですので、そろそろ私が挑まねばならないんでしょう。それまでにできるだけ力を得ようと思っていたわけですが」

「なるほどー。それだけの力があればどうにかなるのではないですかね？」

花川は、実に心のこもっていない相づちを打った。

慢心のあげくに夜霧に挑み、そして死んでくれれば花川としては都合のいい話だからだ。

――あれ？　ですが、その場合、拙者も死ぬのでござるかね？

花川では夜霧を倒せない。

時間がくれば自動的に使徒が全員死ぬという条件なのであれば、花川が生き残れる望みなどまるでないのだ。

なんとなく大丈夫なような気がしていたが、マルナリルナのどちらかは逃亡しただけだ。

夜霧たちを襲う気はなくなったかもしれないが、死亡条件がなくなったとは限らない。

「はい。挑むための力は得られたと思うのですが、私に定着するのに時間がかかるんです。そして、その過程であなたを食べたいと考えるようになってきていまして。なので私についてきてください」

「……はい……でござる」

——おそらくですが、定着してしまうと拙者への食欲も十二分に発揮されるのでは……。

このままこの女のそばにいるのは非常にまずい。

どうにか逃げ出したいとは思うものの、今この場で出し抜いて逃げ出したところで意味はなかった。

彼女は、花川のそばに瞬時に移動する能力を持っているからだ。

——とりあえず……ギリギリのところまで精一杯生き残るのでござるよ……。

現状は絶望的だ。

だが、いつまでも同じ状況かはわからない。

これまでも奇跡的に助かってきたのだ。今回もどうにかなる瞬間が訪れるかもしれない。

花川は、一縷《いちる》の望みを不確定な未来に託すしかなかった。

＊＊＊＊＊

皇帝であり賢者でもあるヨシフミ。

ひょろりとした身体にはたいした力はなさそうであり、言動にも戦う者の覚悟のようなものがまるでない。

見た目はそこらにいるチンピラで、それなりに戦いを経験した戦士であれば圧倒できそうに思える。

今のビビアンなら、どうにでもなるような相手に見えた。

「けどなぁ。こんなのと戦っても面白くもなんともねえんだよなぁ」

部下を下がらせて自分から前に出てきたくせに、ヨシフミはそんなことを言いだした。

「引き分けって言ったのヨシフミじゃん」

先ほどまでビビアンと戦っていた女が不満そうに言った。

「どうせ戦うなら、自分のことサイキョーだと思ってて俺を舐めくさってる奴じゃねーとなぁ。そーゆー奴が俺に手も足も出ねぇで狼狽《うろた》えるってのが面白いんじゃねーか」

「そりゃ無理じゃない？　だってこの子、ヨシフミが皇帝で賢者だって知ってるし」

そのとおりだ。

いくら弱そうに見えてもビビアンはヨシフミを舐めてかかるつもりはなかった。

相手は賢者なのだ。どれほど弱そうに見えようが、弱いわけがない。

強敵だと想定して身構える必要がある。

「さっさと終わらせるか。はい、終わり」

ヨシフミは何をするわけでもなく、ただそう言っただけだった。

「は？　何が終わりだっての!?」

ビビアンは生きている。何のダメージも負ってはいなかった。

「足下見てみろよ」

言われてビビアンは素直に足下を見た。

最初は、何がおかしいのかわからなかった。おちょくられただけなのかと思うも、すぐにつま先が灰色になっていることに気付く。

つま先は、まるで石のようになっていた。

そして、それはゆっくりと範囲を広げていた。

「殺すと復活するならってことで、石化させることにした。つい最近手に入れた力だ。堪能してくれや」

「この！　チェーンソーシールド！」

ビビアンは盾を放った。

だが、それは簡単に部下の女が弾き飛ばした。

ヨシフミの戦いはもう終わったと判断して前に出てきたのだろう。

こうなるともう何も通用しないのは目に見えていた。

「これ、酒場を石化したやつだよね？　あのときは一瞬でやってなかった？」

「そりゃおめぇ。そんなことしたってつまんねーからよ」

「えー？　もしかしてこんなとこで、石になってくのをずっと見てるの!?」

「駄目か？」

「駄目ってことはないけど……つまんなくない？　てか、こんなとこまでわざわざやってきて、するのがお姫様を石にすることなの？」

「んー。そう言われりゃぁ、やってることがしょぼすぎる気もしてきたな。けどそーなるとよぉ。こんなとこまでやってきて他にすることねぇんだが。せいぜいがこいつをいたぶるぐれぇだろうがよぉ」

「えー？　することないなら帰ろうよー」

「ああそうだ！　おまえ他の王族らと一緒に来たんだろ？　そいつらどうした？」

「それがあんたに何の関係があるって言うの！」

ビビアンは、石化を解除できる盾を出せないかと試していた。

だが、回復能力を持つ盾では石化を止めることはできなかった。

「他にいるんなら、おまえをとらわれの姫として扱ってやってもいいかと思ったんだが」

「ええ！　お兄様は後からやってくるわ！　それに天位剣士のゲイルもいるもの！　あんたなんて真っ二つなんだから！」

そんな嘘に意味があるのかはわからない。

だがそれで多少でも生き延びることができればと、ビビアンは叫んだ。

「けどよぉ。おまえら正攻法じゃどうにもなんねぇから、こんなとこまで世界剣を探しにきたんだろうが。何人か増えたところでどうなるってんだよ？」

「そ、それは！　あんたに言うわけないでしょ！」

「ま、そりゃそうだな。奥の手があるってのなら期待したいところだが……そういや世界剣はどうなった？」

世界剣なのかはわからないが、錆び付いてボロボロになっていた剣はビビアンが放り投げた。

なので、近くに落ちているはずだが、ビビアンから見える範囲には落ちていなかった。

「てか、レイとシゲトがいないんだけど？」

「あぁ？」

ヨシフミが疑問に顔を歪め、次の瞬間、弾けるように笑いだした。

「ぐははははっ！　あいつら裏切りやがったのかよ！」

「え？　レイには何か枷《かせ》をはめてないわけ？」

「いや？　仲間にしてくれっつーから、四天王がちょうど空いてたし面白そうだと思っただけだが」

「ちょっと！　あんなぽっと出を何の保険もなしに信頼してたわけ!?」

「別に信頼はしてねぇよ。何かしでかしたら面白いと思ってただけで」

「面白いって……」

「おまえも裏切りたくなったら好きにしろや」

「ヨシフミの力を知ってるのに裏切るわけないでしょ。あいつら何にもわかってないのよ」

「しかし、剣を持って逃げたってことは、あれは本物だったたってことか？」

「でも、あんなのどうすんの？」

「預言書になんか書いてあるんだろ。どうにかできるから持って逃げたんだろうぜ」

そう聞いてビビアンは後悔した。

やはりあれがヨシフミを倒す手段だったのかもしれないのに、ろくに考えもせずに投げ捨ててしまったのだ。

「レナ。あいつらを追えるか？」

「無理。逃げるところを見てないから」

「じゃあ自力で追うしかねぇんだが、どうしたもんか」

ヨシフミたちは、もうビビアンを見ていなかった。

忘れたわけでもないだろうが、興味は完全に裏切り者の行方に移ってしまっているのだろう。

「ねえ」

ビビアンは、自ら声をかけた。石化は膝のあたりまで進んでいた。

「ああ。仲間がいるんだっけ？　助けにきてくれるといいな」

ビビアンなどどうでもいいという態度で、ヨシフミたちはこの部屋を出ていこうとしていた。

「待ちなさいよ！」

「あぁ!?　助けろとか無様なこと言うつもりか？」

「取引よ！　石化を解除するなら、逃げたって奴らの行き先を教えてあげるわ！」

「へぇ？　ちょっと面白くなってきたな」

確かに無様な言い草ではあるだろう。

両親を殺し、国を奪い取った相手に命乞いをしているのだ。

だが、ここで石になってしまえば、何もかもが終わってしまう。

今となっては、ビビアンは王族最後の生き残りなのだ。どうあっても死んでしまうわけにはいかなかった。

「私には、探し物をする能力がある。ここまでやってきたのもその能力を使ったからよ。だから、世界剣がどこにいっても追いかけることができる！」

「ほう？　面白そうじゃねぇか」

ヨシフミが指を鳴らす。

すると、太ももあたりまで進行していた石化が止まり、ポロポロと石片が崩れ落ちた。どうやら石化は表面から進行していたらしい。

「ヨシフミー。こんな奴まで信用するわけぇ？」

「だから信用してるんじゃねぇよ。何かしたいならすりゃいいんだ。それが面白けりゃ俺は満足だ」

「言っとくけどさぁ。ヨシフミ私より強いから、何かしようとしても無駄だからね。返り討ちにあって死ぬだけだから。長生きしたいなら余計なことはしないようにね」

部下の女が釘を刺す。

もちろん、今すぐにヨシフミに対して行動を起こそうとは思わない。

それは、再び世界剣を手にしてからのことになるだろう。

——だけど。こいつ隙だらけだし！

ヨシフミは傲慢《ごうまん》で自信に満ちている。

それこそ仲間が全て裏切ろうが、最終的には自分一人でどうにでもなるという圧倒的な自信を持っているのだ。

だからこそ、小物を警戒するような真似はしない。そんなせせこましいことをする自分を許せないのだろう。

なので一緒に行動していればいくらでもチャンスはある。
ビビアンはそう、自分に言い聞かせた。

13話　君たちも日本人なんでしょ？　この世界には日本人が集まってるのかな？

世界剣オメガブレイドがそのままでは使えないことを、重人は預言書の記述により知っていた。

そもそもこれまでに集めた素材は、剣を修復するために必要な物なのだ。

重人と仲間だけで剣を入手できれば、何も問題はなかった。

だが、玲はヨシフミの配下になり、ヨシフミが剣に興味を示した。

こうなると当初の計画は変更する必要がある。

預言書は新たなルートの攻略手順を導き出した。

エルフの里が消失。王族が世界剣を先に手にしているなど、イレギュラーなイベントも発生はしたが、それは概ね重人に有利な展開だ。

一番やっかいなケースは、ヨシフミがボロボロの世界剣に何かあると考えて大事にしまいこんでしまうことだった。

そうなると重人では手が出せない。世界剣でのヨシフミ打倒は諦めるしかないだろう。

だが、ヨシフミは早々に世界剣への興味をなくし、やってきた王族に目を向けた。

ヨシフミはいつも隙だらけだ。

出し抜く機会はどこかにあると重人は思っていたが、レナが戦いはじめたので十分な余裕ができた。

重人と玲は、姿を隠すマントを身につけた。

これまでの旅の途中で入手したものだ。姿を隠したまま戦えるような代物ではないが、隠密行動《おんみつ》には向いている。

落ちている剣を拾い、そのまま部屋を出る。

慌てず、騒がず、冷静に。気配を消したまま、そっとヨシフミたちから離れていく。

「剣を使えるようにするにはどうするの？」

ヨシフミたちから距離を取ったところで玲が訊いてくる。

ヨシフミを出し抜いて世界剣を奪い取る。これは玲の指示によるものだった。

玲の運命の女《ファムファタル》は覚醒してより強力になっている。

異性に好意を持たれる程度ではなく、隷属させるまでに至っているのだ。

だが、重人自身は支配されているなどとは思っていない。

この異世界に転移する前から玲には好意を持っていた。

なので、能力など使われずとも玲を助けただろうと思っている。

もっとも、以前から好意を持っていたという記憶そのものが能力により芽生えたものであることは、重人には認識することができない。

玲の支配下にある者は、支配されていることに気付くことすらできないのだ。

「もっと距離を取る。世界剣の修復には時間がかかるんだ」

重人に鍛冶《かじ》の技術や知識はない。

だが、世界剣の修復のために事前に集めていた素材や道具がある。それらを用いれば自動的に修復されるはずだった。

「ここを出るのね」

「ああ。だが、帝国の支配領域に行けばアビーに見つかる。なので森を逃げ回ることになるな」

四天王のアビーは冒険者の元締めだ。

帝国で行われている冒険者ごっこの全てを仕切っていて、エント帝国の全てを把握できるという。

ただ、エルフの森だけは例外だ。外部からは中をうかがい知ることができない。

「ヨシフミは無敵だが、それだけだ。レナの能力は不安だったが、これだけ時間が経っても追ってきていないということは、能力の範囲外に出たはずだ」

レナのクラスは中ボスだ。

その能力にはふざけた性能のものが多く、中には逃げた敵の前に現れる『先回り』や、立ち止まり安心したところで背後に現れる『忍び寄る者』がある。

だが、しょせんは中ボスということか、その能力が及ぶ範囲には限りがある。

聞いた話では、自分を中心に半径百メートルほどが有効範囲だった。

「距離を取ったからこそこそしなくていい。ここからは急いで」

預言書の化身、ナビーが姿を現した。

「どうやってここから出るんだ？」

「来た道を戻るのはリスクが高いですから、別の出入り口に行きます。ゆっくり本を見ながら罠を回避している暇はないですから、私が指示するとおりに動いてください」

「わかった」

三人は駆けだした。

遺跡は様々な罠が仕掛けられた迷宮になっているが、ナビーの指示に従って動けば問題はなかった。

設置式の罠や、決まり切った迷宮の攻略は預言者《オラクルマスター》の力があれば簡単に突破できるのだ。

深い地下から地上を目指して、上へ上へと進んでいく。

しばらくして、太い柱が立ち並ぶ広い通路に出た。

そこを進んでいくと、出口らしき光が見えてくる。

「あれがそうだよな！」

「はい」

だが、それはかなりの上空にあった。天井にぽつんとあいた穴が出口のようなのだ。

そのまま駆けていき、出口の下あたりまで来て立ち止まる。

あたりには、出口につながるようなものは見当たらなかった。

「どうやって上るんだ？」

ナビーなら攻略方法を知っているのだろうと楽観的に重人は訊いた。

「いえ……ここには昇降機があるはずなんです」

「あるのは瓦礫の山だな」

おそらくはその穴から落ちてきたのであろう物がそこらに散乱していた。

「身体能力が上がっているとはいえ、この高さをジャンプはできないな」

見ただけでは高さはよくわからないが、五階建ての建物ぐらいなら収まりそうな空間だ。

重人はギフトを得たことで基礎的な身体能力が向上しているが、それでもこの高さを跳躍できる気はまるでしなかった。

手持ちの道具を脳裏に浮かべる。

しかし、この状況を打開できそうな物は思い当たらなかった。

「別の出口は？」

「私の知る限りではありません。この遺跡への正規の入り口がここで、私たちがやってきたほうは隠し通路なんです」

「どうするんだ？」

「ここで世界剣の修復をしてしまうという手もあります」

「大丈夫かよ？」

「ここまでの経路を思い返していただければわかると思いますが、この迷宮はかなり複雑な構造をしています。隠れ潜めばそう簡単には見つけられないのではないでしょうか」

「直せれば、ヨシフミは倒せるんだな？」

「はい。世界剣はただの武器ではありませんので。相手がどれほど強かろうと関係がありません」

「ねえ。何か下りてきたけど？」

玲がぽつりとつぶやくように言った。

「下りてくるって、何が？」

ナビーと話していた重人は、玲が見上げる先を見た。

人らしきものが、天井に開いた穴から下りてくる。

それは、白いコートを着た少年だった。

「ナビー……あれはなんだ？　預言はどうなってる!?」

「わかりません……世界剣を奪取した時点で預言は更新されていますが……あんなものはどこにも出てきません……」

預言書の記載はリアルタイムで更新されるわけではない。

未来が変わりうる重要な局面を通過した際に、更新されるのだ。

だが、預言に出てこないということは、あの少年もイレギュラーな存在ということだろう。

少年はゆっくりと下りてきていた。

重力など関係ないという様子で、己の定めた速度で移動しているだけに見える。

少年が下りてくるにつれ、重人の足は震えだした。

汗がしたたり落ち、心拍が速まる。

重人は、圧倒的なまでの格の違いを感じていた。存在としての次元がまるで違うのだと本能で悟っていたのだ。

重人は崩れるように膝をついた。

そして、跪《ひざまず》き、頭を垂れている。

それは、畏怖の念によるものだった。そうしなければならないのだと、身体が勝手に動いていた。

玲も少年がもたらす情動には逆らえなかったのだろう。同じように跪き頭を下げている。

ナビーは、いなくなっていた。人の姿をとっていられなくなったのだろう。

「ごめんね。人がいるとは思ってなかったんだ。ちょっと力を弱めるよ」

少年はいつの間にか地面に降り立ったらしく、声はすぐ近くから聞こえてきた。

その声と同時に、身動きがとれなくなるほどの感情の渦が治まった。

畏敬の念はまだ存在しているが、顔を上げる程度のことはできるようになったのだ。

「あ、あなたは……」

「そういうの好きじゃないんだよ。もっとざっくばらんな感じできてくれないかな」

重人は迷った。

格上の人間が言いだす無礼講など、本気にしていいものかまるでわからないからだ。

『ここは言われたようにしましょう。ここまでの上位存在になると複雑な腹芸《はらげい》などはなくなるものです』

ナビーの声が聞こえてきて、重人は心の余裕を少し取り戻した。

「こんにちは」

「うん。こんにちは」

少年はにこにこと微笑みながら挨拶を返してきた。

敵意はないのだろう。彼に敵意があれば、こうして話をすることもできないはずだ。

「立ってくれないかな。ちょっと話をしたいだけなのに跪かれるととまどっちゃうよ」

そう言われて重人と玲は立ち上がった。

「あんた……日本人か？」

同年代の日本人の少年。重人は顔つきからそう判断した。

「日本か。懐かしい響きだね。確かに僕は日本人だよ」

「あんたも賢者に召喚されたのか？」

下手にへりくだる方が機嫌を損ねるかもしれない。口調はこんなところで問題はなさそうだと重人は考えた。

「この世界には招き入れられたけど、賢者なんて人じゃなかったと思う。けど、もしかしてあれが賢者だったのかな？　賢者って背中に翼の生えてる小さな女の子？」

「さあ……賢者にもいろいろといるらしいけど……」

重人が見たことのある賢者は、シオンとヨシフミだけだ。この二人に共通点などほとんどないので、他にどんな賢者がいるかはわかったものではなかった。

「ふーん。君たちも日本人なんでしょ？　この世界には日本人が集まってるのかな？」

「来たくて来たわけじゃないけどな。日本人ならこの世界には結構な数がいるよ」

「そうかぁ。僕はタクミって言うんだ。君たちは？」

「俺は三田寺重人で、こっちは九嶋玲だ」

「そうそう。名字とかあったよね！　僕はもう忘れちゃったんだけど」

「タクミは何をしにここへ？」

「ああ。探し物があってさ」

重人の心拍数が上がる。

こんなところで探し物と言われれば、世界剣のことではと思ってしまったのだ。

彼が世界剣を求めたなら、抗《あらが》う術はない。

よこせと言われただけで、重人は唯々諾々《いいだくだく》と従うことだろう。

「何を探してるか訊いていいか？」

「いいけど、なんでそんなに緊張してるの？」

「人見知りでね。知らない奴と話すのが苦手なんだ」

「そうなんだ。僕が探してるのは神だよ」

重人は少しばかり安心した。

「ここにいるのか？」

「うーん。いるっていうのかどうか。力を失って、分割されてるみたいなんだよ。だからその一部がここにあるって感じかな」

「それを集めて統合するのか？」

「そうだね。僕は神を殺したいだけだから、まずは元に戻ってもらいたいんだよ」

「あんたは……神……じゃないのか？」

タクミの神々しいまでの気配は、神だと言われても十分に納得できるものだった。

「さっき言ったように、僕はもともと日本人だから神様なんかじゃない。けれどいろいろあって神を殺せるようになってね。神を殺せるのが神ということであれば僕も神に準じる存在とは言えるかも」

「なんで神を殺したいんだ？」

「暇潰しかな。他に手応えのあることなんてないしさ」

けっきょくのところ、力を手にした存在の行き着く先はそんなものらしい。

ヨシフミも力を持て余して、暇潰しを目的に行動している。

「ああ。そろそろ行こうかな。引き留めて悪かったね」

「いや、引き留めるも何も、ここで立ち往生してただけだから、別にいいんだけど」

「あ、そうなの？　もしかしてここを出たいとか？」

「そうだな。どうにか出る方法はないかと考えてるところだったんだが」

「なんだ、だったら早く言ってよ。じゃあ出してあげるよ。あそこから出るのでいいの？」

タクミが天井を指さす。重人がうなずくと、重人と玲の身体がふわりと浮いた。

「な!?」

「じゃあね」

そのまま重人たちは浮き続け、あっというまに出口に到達した。

出口の穴を通り抜け、あっさりと地上へ出る。

そして、難なく着地することができた。

重人の身体からどっと汗が噴き出した。

タクミが離れていくのがわかる。その圧倒的な気配が地下へと向かっていき、少しずつ薄れていくのだ。

「なんだったんだ、あれは……」

「怖かった……」

玲が素直に気持ちを吐露した。

「とにかく！　さっさと移動しましょう！」

ナビーが現れて言う。

そのとおりだった。なんだかよくわからないがせっかく助かったのだ。のんびりしていてヨシフミたちに追いつかれてはまったく意味がない。早急に身を隠す必要があった。

重人は行く先を求めてあたりを見回した。

ひどいありさまだった。一直線に大地が融けているのだ。

エルフの里を消し去った光はここまで届いたのだろう。

ここは遺跡群といった場所のようだが、あの光は軌跡上にあった建物を全て消し飛ばしたのだ。

「あの建物はこの遺跡を守る守護者です。変形して襲ってきますので、近づかないようにしてください」

預言書の情報をナビーが伝えてきた。

「じゃあやはり森か」

「ええ。幸いというべきか、この融けた跡をたどれば森までは簡単に行けそうです」

落ち着きを取り戻した重人たちは、森へと駆けだした。

14話　宇宙人って本当にいるの!?

今すぐにエルフの森を脱出できる妙案はない。

焦っても仕方がないということで、夜霧は眠っていた。

ここまでそれなりに力を使っているので、疲れているのだろう。

知千佳は、この暇な時間に着替えていた。

熱帯雨林のごとき森の中を歩くうちにかなり汚れていたのだ。

「花川くんがいたらどうにかできたかもね。なんでも召喚できる能力らしいから、ここから脱出できる人を喚び出すとかさ」

「そう言ったところで本当になんでも召喚できるわけでもあるまいが……ダメ元でやってみる価値はあるのか？」

「ま、花川くんがどこにいるかわかんないんだけど」

「この森の中で多少なりとも目立つ所はここだろう。あやつも迷っておるならこちらに来るやもしれんぞ？」

「自分から言いだしといてなんだけど、花川くんがあてになる気はまるでしないよね」

「まあ今いないものはどうしようもない。それで、迷いの森を抜ける方法だが、森そのものを殺すよりはもう少し確実な手段があるやもしれぬぞ?」

「それは?」

「迷いの森になっているのは、六角形に配置された巨樹の外側部分だ。ということは、この六本の巨樹が術の基点になっておる可能性は高い。なので、まずはこれらを殺してみるという方法だ」

「確かに、それならいけるかな。森とかじゃあやふやだけど、あのでかい樹ならはっきりしてるし」

夜霧の能力は特定の対象を殺すためのものであり、森の一部分といったはっきりしない対象を殺すのは苦手とのことだった。

だが、巨樹が対象であれば迷うことはないだろう。

「それとは別に、もう少しこの遺跡を探ってみるという方法もある。どうやらエルフの森はこの遺跡を守るためにあったようだ。エルフたちの防衛行動もそれを示唆しておる。ということはここが最重要拠点というわけだ。もしかすると森全体を制御するような何かがあるかもしれぬ」

「でもどうなんだろ。ずっと守ってた森を、私たちが出たいってだけで、荒らしちゃっていいのかな」

「仕方あるまい。それに文句を言うエルフどもは死んでおるしな」

生き残っているエルフがいる可能性はあるが、探し出すのは難しいだろうと知千佳たちは考えていた。

「なので、まずはこの遺跡を探る。ここに手がかりがないようであれば、エルフには悪いが巨樹を殺してみるしかないだろうな。結構な時間、ここで足止めをくらっておる。それほど急ぐ旅でもないが、あまりのんびりもしておられんだろう」

「ジャングルはもうコリゴリって感じだよね」

エルフの森は快適とは言いがたい環境だ。

知千佳もあまり長居したいとは思っていなかった。

「で、この子どうしよう」

知千佳は布にくるまれている赤ん坊を見た。

さらに成長が進んだのか、頭部にはうっすらと毛まで生えている。

「ほっとくとどんどん成長しちゃうのかな?」

「見たところ、成長は緩やかになってはおるようだが」

赤ん坊は愛くるしい寝顔を見せている。

もう人間としか思えず、ここに置き去りにしていくわけにもいかないと知千佳は思っていた。

見ていると赤ん坊が身じろぎをし、初めて目を開いた。

「え?　起きた?」

「ほぎゃあああああああ！」

そして、耳をつんざくような声で泣きはじめたのだ。

「え？　え？　え？　どうしたらいいの！」

「……なんだ？」

さすがに夜霧も起きてきた。

「泣きはじめたんだけど！　どうしたらいいのかな！」

「そう言われてもな……とりあえず抱っこしてみるか」

知千佳にはまだこの謎の赤ん坊に触れることに抵抗があった。

夜霧は特に気にしていないのか、すんなりと赤ん坊を抱きかかえた。

そして、雑に赤ん坊を揺らす。

「え？　そんなんでいいの!?」

「さあ？」

首もすわっていないような赤ん坊など怖くて触れないと知千佳は思ってしまうのだが、夜霧は気にならないようだ。

揺らしていると赤ん坊はおとなしくなった。

泣いていた理由はわからないが、落ち着いたらしい。

「これ、どうしよう？」

「なんか、これとかあれとか言ってるのも抵抗あるよね」

「名前を付けろってこと？」

「いや、それはどうなんだろ。けど、何か呼び名がないと落ち着かないというか」

「うーん。じゃあベビーで」

「雑だな！」

「思い入れたっぷりの名前を付ける場面でもないいんじゃ」

確かに今後どうなるかはわからない。あまり情を移すべきではないのだろう。

「そういえば、壇ノ浦さん着替えたの？」

「うん。森は抜けたからさっぱりしたくて。高遠くんは大丈夫なの？」

「そうだな。寝る前に着替えとけばよかったよ」

夜霧が荷物を漁《あさ》り、着替えを取り出した。

「おんなじような服だね」

「とりあえず着られればいいし」

夜霧は奥の部屋に行き、着替えて戻ってきた。

「小僧。今後のことを話していたのだが」

もこもこが、夜霧が寝ている間の話を聞かせた。

夜霧も特に異論がないようで、まずはこの遺跡をもう少し探ってみようということになった。

「で、ベビーはどうする？」

「連れてくしかないな。でもずっと抱っこしてるのも」

「では抱っこひものようなものを作るか」

「もこもこさん作れるの？」

「そう難しい物でもなかろう」

大きめの布の端同士をくくって輪状にし、夜霧が肩から斜めがけにする。

袋状になっている部分を適当にくくって調整し、胸側に持ってくる。

簡易的なスリングといったものだ。

「けっきょく、抱っこするのは俺なんだな」

ベビーをスリングに入れる。もこもこが適当に作ったわりには収まりはよかった。

「だって、こんなちっちゃい子、どうしていいのかわかんないし」

「おっぱい欲しがったらどうするんだよ？」

「出ねぇわ！　欲しがられてもどうしようもない！」

知千佳の必死な声が面白かったのか、ベビーが笑っている。

夜霧が赤ん坊を抱っこするので、リュックは知千佳が持つことになった。

建物の外に出ようとして、知千佳はすぐに違和感を覚えた。

出口から見える外が暗かったのだ。

夜になったというわけではないのに、あまりにも陰っている。

知千佳は慌てて外に出た。

空には、巨大な何かがひしめき合っていた。

＊＊＊＊

たかが人間を一人殺すだけのことであれば、船団を率いる必要などまったくない。

どれほど強かろうが、幹部の数人を送り込めばそれでことたりるだろう。

なのでほぼ全ての戦力を天盤内に転送したのは、高遠夜霧という少年を殺すためではなかった。

一京クレジットの報酬は魅力的ではあるので暗殺依頼をないがしろにするつもりはないが、それ以上に天盤内になんの障害もなく入れるということがより魅力的だったのだ。

〝海〟賊団の戦力があれば、天盤を砕き蹂躙《じゅうりん》することも可能だ。

だが、それで手に入るのは、大雑把な鉱物資源、エネルギーなどといったものになる。

その文明で作られた価値のある芸術や文化資産は、〝海〟からの攻撃では決して手に入らない物だった。

つまりこの船団は、この世界で価値ある物を根こそぎ持っていくための物だった。

それらは運搬船であり倉庫でもあるのだ。

〝海〟賊団は、まず高遠夜霧の位置を検索した。

外の世界の科学力があれば、天盤内のどこかにいる人間を一人見つけ出す程度は造作もないことだった。

この依頼は早い者勝ちだという。

であれば、さっさと始末してしまうに限るだろう。

もちろん、ただの人間の少年の暗殺依頼で一京クレジットの報酬は異常過ぎる。

この報酬に見合うだけの困難があると考えるべきだろう。

だが、それでも〝海〟賊団の自信は揺るぎなかった。

数多《あまた》の天盤を敵に回し、滅ぼしてきたのだ。今となっては神ですらが、戦いを避けて逃げ惑う。

彼らは、即死能力ごときをまるで恐れてはいなかった。

＊＊＊＊＊

「えーっと……何これ?」

巨大な流線型の物体が空に浮かんでいた。

それらが空を埋め尽くし、陽光を遮っていたのだ。

数は、よくわからないほどに無数にあるとしか言えなかった。

それらは見渡す限りの空を埋め尽くしていて、見ただけでは計数など不可能だったからだ。

「宇宙船？」

夜霧の記憶から似たものを探せばそうなる。ただしそれは、漫画やアニメに出てくるような非現実的な宇宙船だ。

「って言われても、本物を見たことないし……」

「生き物のようにも見えるな……」

それの全体は金属質な装甲で覆われている。

だが、その装甲の隙間から生物組織らしき物が見えていた。

それは呼吸でもしているかのように、規則的に膨張と収縮を繰り返している。

生物なのかはわからないが、柔軟な構造になっているようだ。

「なんだろ。魚みたいな生き物の表面に金属板をべたべた貼り付けたような？」

夜霧にはそのように思えた。

「てか、さっきも、ロボットが大量にやってきてたよね。なんなの？　こーゆーの流行ってるの？」

「どこに行くわけでもなく、留まってるな。何が目的なんだ？」

「宇宙船だとしたら、乗ってるのは宇宙人？」

「自称宇宙人にならば狙われたことあるけど、それは元の世界での話だしな」

「あ、宇宙人とかいるんだ。今さら驚かな……驚くよね！　何？　宇宙人って本当にいるの!?」

「妖怪やら超能力者やらがおるのだ。不思議ではなかろうが」

「宇宙人よりも、異世界があって異世界人がいるほうが驚いたけどな。俺は」

「私らが目的なのかな？」

「どうだろ。ものすごい広範囲に展開してるから、俺たち目当てってことも――」

見上げながら考えていると、謎の浮遊物体から何かが落ちてきた。

「え？　なんか人っぽいんだけど？」

知千佳がその視力で落下物を見極める。

そして、その何者かは地面に激突して、ぐしゃりと潰れた。

「自殺!?」

あまりに意味不明な行動に知千佳がとまどっていた。

「いや、俺が殺した……というか、勝手に死んだんだけど」

それはあまりにも危険な存在だった。

ただ生きているだけで周囲の存在が死に絶える。そんな剣呑《けんのん》な雰囲気を纏っていたのだ。

なので、その力の有効範囲内に夜霧たちが入る寸前で、夜霧の能力が自動的に発動した。

夜霧にしても、訳のわからないうちに勝手に死んだ、という認識になる。

「何だったんだ、これ？」

「さぁ……ぐちゃっとなってて何がなんだか」

何者かは落下の衝撃により原形を止めていなかった。

「ここに下りてこようとしたってことは、俺たちが目的なのか？」

「あ！　他にも何か来るけど！」

次は三体。

しかしそれらは、先ほど死んだ何かよりは離れた場所、夜霧たちから五十メートルほどの位置に降下した。

殺気があたりに充満した。

それらは、確実に夜霧たちを殺す術を持っていて、いつでもそれを発動できるのだろう。

それは異形だった。

ありえないほどに肥大化した筋肉を持つ裸の男。

赤い糸でできた人の形をした何か。

車輪で動き、数え切れないほどの腕を持つ機械人形。

そんな者たちが、夜霧たちのほうへとやってくる。

「お前が――」

「死ね」

三体の異形はその場で動かなくなった。

「今何か言おうとしてたよね！」

「って言われてもな。こいつら全体的にヤバイ感じで、話をしてる余裕がないよ」

近づいてくれば、致死性の何かの気配を感じるのだ。

使われる前に殺すしかないだろう。

「宇宙人なのかな、これ」

「俺たちが目的みたいだけど、こんな奴らに恨まれる覚えがない」

「いやー。どうだろ。高遠くんがこれまでに殺した奴らの関係者なのかも……」

そう言われると答えに困る。

夜霧は数限りなく殺してきているので、こんな奴らとはまったく関係がないとも言い切れないのだ。

「まあ、だからって殺されてやるつもりはないけどな」

浮遊物体が一斉に向きを変えた。

それが船だとすれば、船首を夜霧へと向けたのだ。

そして、大きく口を開いた。そこには上下共に歯がびっしりと生えている。

空気が震えはじめた。

それが叫んでいるのだ。その口腔の奥深くで、灯りが点る。それは次第に明るくなり、強烈な光を放つようになった。

「死ね」

「だよね」

知千佳もその結果はわかりきっているようだった。

＊＊＊＊

それは訝《いぶか》しんでいた。

送り込んだ部下たちが何もできずに殺されたからだ。

ありえないことだった。

即死能力への対策など、〝海〟での戦いでは当たり前だからだ。

即死。反射。時間停止。時間逆転。空間切断。完全消滅。概念攻撃。因果抹消。

その程度のことは誰にでもできることであり、幹部連中であれば当然のように無効化できる。

そのはずなのに、百戦錬磨の猛者《もさ》どもがなす術もなくあっさりと死んだ。

万が一を考えて分析はしていた。

だが。何が起こったのか、誰にもわからなかった。

何らかのダメージを受けた様子もないのに、ただ、死ぬ。機能が停止する。

因果関係がまるでわからない。どのような力も到達した様子がないのに死んだのだ。

ずいぶんと理不尽な現象だが、それは考えるのをやめた。

わからないということに拘泥《こうでい》していても先には進めない。

それは、船の砲を使うことにした。

エネルギーを収束させ、眼下の島だけに威力を集中させる。

一億を超える砲のどれか一つでも直撃すれば、島を消し飛ばすのは可能だろう。

あまり天盤内を荒らしたくはないが、島一つ程度なら許容範囲だった。他の地域からでも十分に掠奪は可能だからだ。

それは、全ての船に砲の発射を命じた。

＊＊＊＊

空を埋め尽くす浮遊物体が放っていた光が途絶えた。

そして、落ちてくる。

それらが何らかの力を用いて浮いていたのだとすれば、死ねば落ちるのは当然のことだった。

「え？　これ大丈夫なの！　巻き込まれない!?」

「大丈夫じゃないか？」

幸い、夜霧たちに直撃するような浮遊物体は存在していなかった。

空を埋め尽くしているように見えても、十分に隙間はあるのだ。

巨大な物体が一斉に落ち、轟音と共に大地が揺れた。

それはあらゆる所に落ち、その下にあった物を押し潰したのだ。

遺跡が、熱帯雨林が、六本の巨樹が巨大物体に押し潰され、壊滅的な被害を被った。

「これ、迷いの森を作ってるかもしれない巨大な樹をわざわざ殺す必要がなくなったんじゃないかな？」

「迷いの森どころじゃなくて、この島全体がやばくない、これ……」

「うむ。敵の規模が巨大になればなるほど、倒した時の被害も大きくなっておるな……」

そう言われても、狙われたのなら、殺される前に殺すしかない。

その結果、大規模な環境破壊が生じようとも、夜霧の知ったことではなかった。

夜霧は座して死ぬつもりはない。知千佳と共に元の世界に帰るためなら、どれほどの犠牲が出ようと躊躇うつもりはなかった。

「これ、全滅したの？」

「どうだろう。宇宙船っぽい奴を殺しただけだから、中の人が生きてる可能性はあるね」

船を殺せば、攻撃は止まる。

今回はそれ以上のことをする必要はなかった。

15話　私は楽に成果が出ることが大好きなんです！

船は頑丈なのか、墜落してもダメージを受けている様子はなかった。
ただ、死んではいるので動くことはない。
そのはずだったが、船の一つが弾け飛んだ。
内圧で破裂したのだろう。
内から闇を噴出させ、それは破片を周囲へと撒き散らす。
夜霧は知千佳たちと共に少しだけ動いた。それで破片は当たらなかった。
「……何……あれ……」
知千佳の顔が青ざめる。身体が、震えていた。
それの放つ、圧倒的な瘴気《しょうき》にあてられているのだろう。
大きく広がった闇が、一気に収束した。
それは、とても小さな人の姿となり、夜霧たちの前へと現れる。
全ての邪悪を煮詰めたような、存在自体が冒瀆《ぼうとく》的な闇の塊。

それは、憎悪の結晶だった。夜霧がこの世界で見た中で、もっとも悪意に満ちた存在だった。

「――」

「死ね」

それは何かを言おうとしたようだ。

だが、それが放つ言葉を耳にしてはならない。

それは人の正気をたやすく奪い、心を砕くだろう。なので夜霧は、さっさと殺すことにした。

闇は霧散し、大気に溶けていく。

すぐに、闇の影響もなくなっていった。

「えーと……何だったの、あれ？」

「さあ？　とにかくやばそうだったから、何かする前に殺したんだけど……こんなのが他にもいると面倒だな」

船は墜落しても、中にいた者たちはそのまま生き残っているようだ。

一つの船に一人しか乗っていないとしても、膨大な数になる。

先ほどのような邪悪な者があたりに潜んでいるのかもしれないと思うと、さすがに関係ないと放置することはできなかった。

夜霧は、墜落した船の中にいる者を全て殺した。

「えーと、全部？」

「脱出した奴もいるかもしれないけど。そこまでは捕捉できないし」

中には夜霧に直接殺意を向けていない者もいるだろう。

だが、夜霧たちに砲を向けた船に乗っていたのだ。攻撃に加担していた以上、無関係ではないと夜霧は考えていた。

「で、森を出られるか試してみる？」

「うう、うぅ！」

すると、夜霧の胸にいるベビーが騒ぎはじめた。

「おなか減ったのかな？」

「だとしても、乳幼児の食料など持っておらんのではないか？」

「山羊《やぎ》の乳が代用できるとか聞いたことはあるな。まあ、それも持ってないけど」

牛乳を新生児に与えては駄目だと、夜霧は覚えていた。

だが、ベビーが普通の人間の新生児と同じ存在なのかはわからない。

ベビーは手を伸ばしていた。

届かぬ何かを摑もうとするように、必死に前へと伸ばしている。

「これ、何か教えてくれてる？」

夜霧は、身体の向きを変えてみた。

だが、ベビーは同じ方角へと手を伸ばそうとしていた。

「どこかを示そうとしてる気はするな。そっちに行きたいってことかな？」

「なんかさぁ。妖怪とか都市伝説とかで誘導されていったらとんでもない目に遭うとかってよくある話だよね？」

「こいつ妖怪なのか？」

「似たようなものを感じるけど。赤ちゃん系の妖怪って結構いるじゃない」

若干不安に思っているのか、知千佳が声を潜めて言う。

「でも気になるだろ」

「まあね。無視するのもなんだし」

なので、ベビーが示す方へと向かうことになった。

＊＊＊＊＊

クリスが舞うように動き、なんだかよくわからない者を倒すのを、花川はぼんやりと見つめていた。

今のところはクリスの食欲が暴走することはなく、花川は無事だ。

だが、今後はどうなるか、まるでわからない。

おそらく、クリスの精神はカルラに侵食されつつあるのだ。

なので、クリスとカルラが完全に統合される前に、花川はこの状況をどうにかする必要があった。

だが、今すぐに打開できるわけもなく、花川は時期を見計らっている。チャンスが訪れるのを待っているのだ。

「すでに十分お強いかと思うのですが、まだ強くなる必要はあるのでござるかね？」

「そうですね。必要はないかもしれませんが、私は楽に成果が出ることが大好きなんです！」

クリスは『なんでも召喚』を活用していた。

喚び出せそうな者を適当に喚び出して、片っ端から殺しているのだ。

それによりスキルを増やせるし、たいしたスキルを持っていない相手であっても、筋力やスタミナといったパラメータを奪うことができるらしい。

なので、相手が何者でも、とにかく斬れば何かしらは強くなれるのだ。

その結果、まさに屍山血河《しざんけつが》といった光景が森の中に現れていた。

おびただしい数の死体がそこら中に転がっているのだ。

「あ。いいものを手に入れました！」

「ほほう。なんでござるかね？」

「スキルサーチというスキルです。これでスキルを持っている人の位置がわかるようになるんです」

「ははは……ますます逃げられなくなってる気がするでござるね……」

「これと組み合わせることで、スキルを優先的に奪取できるようにもなります。さっそく、レアなスキルを持っている人がいないか使ってみましょう！」

具体的なスキルの名前まではわからないが、スキルをいくつ持っているか、それぞれのスキルのレア度などがわかるようになり、スキルのレア度を選択して奪取できるようになったらしい。

今までのように当たりが出るまで斬り続けるといった無駄はなくなるのだ。

「何なんですかもう。適当にやってるだけでも強くなるのに、効率まで上がるというのでござるか！」

スキルを使うためにクリスが集中する。

しばらくして、クリスが歩きだした。

「そこらにレアスキルの持ち主がいたんでござるか？」

花川は首をかしげた。そんなに都合良く、こんなジャングルの中にレアスキル持ちがいるとは思えなかったのだ。

「はい。こちらの方向に二百メートルほどの位置ですね」

花川はクリスの後に続いた。

その場に立ち止まっていたところで強制的に移動を促されるだけなので、自分から歩いたほうがましなのだ。

ジャングルの中を歩いていくと、洞窟があった。この中にレアスキルの持ち主が潜んでいるらしい。

「こういう洞窟とかって、外から攻撃したほうが楽ではないでござるかね？」

「そうかもしれませんが、私が手にした剣で斬りつけないとスキルやらを奪えないのです」

洞窟に入っていく。

中は暗くはっきりと見えないが、二人の人影が見えた。

クリスはいきなり突撃した。あっさりと人影に接近したのだ。

敵が強いかもしれないとは考えもしないらしい。

中にいる何者かは、まともに反応できなかった。

一人は、なんの抵抗もできずに首を落とされた。

もう一人はかろうじて反応できた。

腕を上げて剣を防ごうとしたのだ。

だが、クリスの剣はあっさりとその腕を落とし、胴を薙《な》いだ。

「うわあああああああ！」

胴を斬られた男が叫ぶ。

跳び下がったのでどうにか生きているようだ。

花川の目が、洞窟の暗闇に慣れる。

そこにいたのは、花川の知っている人物だった。

「三田寺殿ではないですか！」

三田寺重人。一緒に異世界にやってきたクラスメイトだ。

「花川！　てめぇ何のつもりだ！」

「拙者はまったく関係ないでござる！　と声を大にして言いたいでござる！」

重人が腹を押さえてうずくまっていた。指の隙間からは大量の血があふれ出ている。傷は内臓にまで達しているようだ。

「運命の女《ファムファタル》と預言者《オラクルマスター》ですか。あまり戦闘に使えそうではないですね」

そして、首を斬られて倒れているのは、重人と同じくクラスメイトである九嶋玲だった。

――周囲の人間を手玉に取っているようでしたが、こんなにあっさりと死ぬんでござるか……。

玲のクラスは運命の女《ファムファタル》。その能力は異性の籠絡だ。

彼女が戦いで勝利するには二つの方法がある。

一つは、相手を籠絡し支配する。

だが、クリスは女で異性愛者だった。玲の能力はほとんど通用しないだろう。

そしてもう一つは、強力な男の戦士を隷属させて戦わせることだ。

だが、これもこの状況では成立しなかった。ここにいたのは重人であり、たいした戦闘力を持ってはいなかったのだ。

けっきょくのところ、クリスのような真っ当に強い女戦士が相手となると、玲では手も足も出なかったということなのだろう。

「そういえば、あなたたちはヨシフミ殿と一緒だったのでは!?」

もしやここにヨシフミがいるのかと、花川はきょろきょろとあたりを見回した。

だが、他に誰かがいる様子はなかった。

「もしかしてお友達でしたか?」

「知り合い……ぐらいの関係でしょうなぁ」

一応、旅を共にしていたことはある。だが、その道中ではさんざんにいたぶられた。今でも思い出せば腹が立つし、恨みにも思っている。なので、死んだところで悲しいとは思わなかった。こんな関係を友達とは呼ばないだろう。

「くそっ! ナビー! こんなの聞いてないぞ! ここからどうにかする方法を教えろ!」

重人の声に応えて、小さな女の子が現れた。

だが、現れたのは、クリスの隣だった。

「はぁ……こんなことになるとは、まったく思っていませんでした。……突然、殺人鬼がやってきてゲームオーバーって……。これがゲームなら、クソゲーもいいところです」

「ゲームオーバーって何なんだよ!」

「すみません。預言者《オラクルマスター》の能力は、こちらの方に移ってしまいました。今ではこの方が私のマスターです。重人さんの冒険は終わってしまいました」

「な……」

重人は呆然となった。

重人の能力は預言者《オラクルマスター》のみだ。それを奪われてしまっては、もうどうしようもないだろう。

「マスター。彼を運命の女《ファムファタル》で支配して利用することを提言いたします」

「いいでしょう」

クリスが能力を発動したのだろう。

重人の目から憎悪に満ちた光が消えた。

「花川さん。彼をヒールで回復していただけませんか？」

「あ、はいでござる」

従う義理はないのだが、言われるがまま花川は重人を回復魔法で治療した。

腕はくっつき、腹の傷もすぐに回復した。

「奥に何かありますね」

クリスが確認のため奥へと行く。

花川、重人、ナビーもその後についていった。

洞窟はすぐに行き止まりになっている。

そこに、一抱えほどもある大きな水の球が浮いていた。

水球には、様々な物が含まれていた。中で循環しているのか、不純物がぐるぐると回転しているのだ。

「何ですかね、これ？」

「これは世界剣オメガブレイドの繭《まゆ》です。中で世界剣が再構築されているのです」

ナビーが説明する。

そう言われて見てみれば、水球には剣の柄のようなものが含まれていた。

「これがそうなんでござるか……。これって、ものすごく強いんでござるよね？」

「ええ。この世界の中でなら無敵の力を発揮することができます」

「まあ世界剣とまで呼ばれておるわけですからなぁ。見たところ、その再構築とやらにはまだ時間がかかりそうでござるが」

「そうですね。まだしばらくはかかることでしょう」

「これは当然持ち運んだりはできないのでござるよね？」

「はい。再構築が始まれば動かせません。動かせばまた一からやり直しです」

「ふむ。クリス殿はこれをどうするおつもりで？」

「武器に頼るつもりはないので、あまり興味がありませんね」

クリスは、世界剣にはそれほど興味をしめしていなかった。

今持っている剣も、名のあるものではないようだ。

「ですが、人手に渡った場合やっかいではないでしょうか。そこで提案なのですが、重人さんにこのまま世界剣の完成までをお任せしてはどうでしょう」

ナビーはこうなることを予想して、重人を支配させ回復させたようだ。

「ではお任せいたします。私は別のレアスキルを探しにいきますね」

スキルを奪ってしまえばもうここには用がないのだろう。

クリスとナビーは洞窟の出口へと歩いていく。

花川もその後に続いた。

このままここでじっとしていてもいいような気もするが、ついてこいと言われている。花川は逆らうのが怖かったのだ。

ナビーはいつの間にか姿を消していた。しばらくはアドバイスするようなことはないのかもしれない。

「で、この後はどうするので？」

「そうですね。別のレアスキルの持ち主がそう遠くない場所にいるようですので、そちらに向かおうかと」

「もう十分強いかと思うのですけどね……」

熱帯雨林の中を歩き続け、開けた場所に出た。

石造りの建物が立ち並んだ遺跡のような場所だ。

そこには一直線に何かが通り過ぎたかのような跡があった。何もない、融けた地帯がまっすぐに伸びているのだ。

「こうなったのは、ここ最近のことですかね？」

「さあ、どうでしょう」

明らかにおかしな光景だが、たいして気にならないらしい。クリスは何もない地帯へと足を踏み入れた。

そのまま流れに沿って歩いていく。

まっすぐに行くと融けた地面に穴が開いていた。

「この下ですね」

「ははあ。暗くてよくわかりませんな」

地下空間への入り口のようだった。

中に灯りはないようで、どのような場所なのかはっきりしない。

「大丈夫ですよ。暗視のスキルも持っていますので」

「いや、拙者は全然大丈夫ではないのでござるが？　と言いますか、ここに入るので？」

「はい」

花川が怖じ気づいていると、クリスが花川の首を摑み持ち上げた。

見た目からは想像できないほどの膂力と握力だ。

「って！　このまま落ちるつもりでござ――ぎゃあああああ！」

クリスは花川を持ったまま、暗闇へと身を躍らせた。

16話　私は思ったよりもあなたに執着していたようです。愛していますから戻ってきてください

クリスが着地する。

その衝撃はそのまま花川にも伝わり、首の骨が折れそうになった。

クリスは花川を放り出した。

「ヒール！　ヒールでござるよ！」

床に転がった花川は、必死で自分に回復魔法を使った。

魔力が消費されて怪我が治る。痛みが治まってから花川は立ち上がった。

「もうちょっとていねいに扱ってもらってもいいんではないですかね！　食材という認識なのかもしれませんが、だとしても傷んでしまうかと思うのでござるが！」

「んー。私はそのあたりどうでもいいです。どうせ口に入れればぐちゃぐちゃになるので、見た目はどうでもいい派です」

「視覚は味にも影響すると思うでござるよ！　美味しく食べたいと思わないのでござるか！」

なぜか自分の美味しさをアピールしてしまう花川だった。

「そうですね。善処します」

そこには闇が広がっていた。

上空の穴から光は入ってくるがたいした光量ではなく、花川にはほとんど何も見えなかった。

だがクリスは闇の中でも問題がないのか、そのまま歩いていく。

「さすがにこれではついていけないのでござるが」

何も見えないので音を頼りについていくことになるが、何の訓練も受けていない花川にそんなことができるとは思えなかった。

「しかたがないですね」

クリスが面倒くさそうに言いながら立ち止まる。

すると、花川の頭上に灯りが点った。

見上げてみると、数メートルほど上空に輝く球が浮かんでいた。

魔法によるものなのか、光の球は花川が動くとついてくる。

「こんなスキルも手に入れていました」

「もう、なんでもありでござるな……」

花川はあたりを見回した。

石材で構成されている建物だった。

大きな柱が立ち並んでいて、それで天井を支えているようだ。花川は地下迷宮の類かと考えた。

「それで。スキルの持ち主はどちらに？」

「こちらです」

クリスが歩きはじめたので、花川は隣に並んだ。

「ところで拙者への食欲が愛情に昇華して、愛おしくなってきて食べるのが惜しい。なんなら解放してあげて幸せになってほしい。みたいな感じにはなっておられないですかね？」

「いえ。ますます食欲は増していくようです。今はまだ人を食べることへの忌避感が勝りますが、あなたを見ると涎がわいてきますね」

「ドン引きでござるよ……。女性に好意を持たれるのは初めてですが……食材……」

あまりのんびりとはしていられない状況のようだった。

このまま流されるようについていくだけでいいのか不安なところだが、花川にできることはほとんどなかった。

——ですが、これまでの出来事から考えますと、想像もしないようなことが起こって環境が激変する可能性はそれなりにあるかと思うのですが。

花川は、何かが起こることを期待するぐらいしかできなかった。

そのまま奥のほうへ進んでいくと、天井が低くなり、通路も狭くなった。

分岐が多くなり、花川の予想通り迷宮の様相を呈してくる。

「それで。レアスキルの持ち主はどのあたりに」

いきなり出くわすと心臓に悪い。心の準備が必要だと思い、花川は訊いた。

「近いですよ。横方向には百メートルほど。縦方向には一つ下の階ぐらいですね」

「それは……何かあればすぐにでも戦いが始まりそうですな……」

「上ってきました。高さは同じですね。七十メートルほど先です」

「ちなみに何人で？」

「三人ですね」

「そのですね。クリス殿は敵が強いかもしれないとかは考えないんでござるかね？　相手がレアスキルの持ち主ということは、とてつもなく強い可能性もあるでござろう？」

「それはそのときですね。戦っていれば勝ち目のない敵に出会う可能性は常にあるわけですから、怯えて縮こまっていても仕方がありません。ですが、とにかく一手当ててしまえばスキルを奪えて逆転の可能性が上がります。このスキルを奪う力はジャイアントキリングにはうってつけですよ」

花川たちはレアスキル持ちを目指して進んでいく。

相手も動いているなら、そろそろ出くわすころだろう。

通路を直進していくと、先には曲がり角がある。

敵はそこを曲がってやってくるのだろう。

「では行きます」

先手必勝ということか。クリスが曲がり角へと駆けだした。

曲がり角から人影が現れる。

そして、クリスは吹っ飛んで花川の横を通り過ぎていった。

「はい？」

前方にいるのは三人。

前蹴りを繰り出したポーズになっている少女と、その後ろでふんぞり返っているチンピラ然とした男と、周囲に盾が浮かんでいる少女。

一人は知らないが、二人は四天王のレナと、賢者で皇帝のヨシフミだった。

振り向いてクリスを確認する。

倒れて動かなくなっていた。腹には大穴が空いていて、普通の人間なら即死している状態だ。

「ハナカワあああああぁ！　てめぇ！　よくも逃げやがったなぁぁあああああ！」

「す、すみませんでござるぅうううううううぅうう！」

花川は即座に土下座に移行した。

「よく顔を出せたなてめぇぇ！」

ヨシフミはわかりやすいぐらいに激怒していた。

「べ、弁明！　弁明を聞いていただきたいのですが！　決して！　決して拙者が自ら望んでこうなったのではないのでござるぅうぅうぅううううう！」

「あぁ？　聞くかそんなもん。どんな理由があろうが俺の許可なしに俺のそばを離れたんだろうがあぁあああ！」

「ヨシフミ、うるさい。話ぐらい聞いたげなよ。逃げるつもりならこんな所をうろちょろしてないでしょ」

「ん？　それもそうか」

話を聞く気になった。そう思った花川は一気にまくしたてた。

「マルナリルナでござるよ！　あのくそったれな神が拙者を使徒とやらに任命して仕事を押しつけたのでござる！　高遠夜霧を始末しろなどと申しまして！　拙者はそんなことをやりたくはなかったのですが、相手は神でござる！　逆らいようがなかったのですよ！　そして高遠夜霧と戦えといきなり言われまして、召喚されてしまったのでござる！　拙者は戦うつもりなどまるでなかったのですが！　その後は、ほら、先ほどレナ殿が蹴り飛ばした女に家畜として飼われていたのでござる！　拙者を食べるなどと抜かしておりまして！　いや、もう助かったのです！　レナ殿ありがとうございます！　おみ足などお嘗《な》めしても？」

「なんでどさくさまぎれに足嘗めるとか言ってんの。キモイ」

「ほぅ？　マルナリルナだ？　あいつらは賢者には関わらないって話だろうが？」

「そのあたりの事情は知らんのでござるよ！　突然夢に現れてきましてですね！」

「まあ、お前に逆らう気がなかったとしてもだ。どんな事情があるにせよ、これは示しがつかんよなぁ！」

「その！　できれば助けていただきたいのですが！　拙者、あの女に食べられそうになっているので！」

「あぁ？　死んでるだろうが」

「死んだぐらいで安心できる奴ではないのでござる！」

花川が指さす先で、クリスが立ち上がった。

腹の穴は塞がっている。花川はこの程度でクリスが死ぬとは思っていなかった。

「うわー。こいつも死んでも生き返る系なの？」

レナがうんざりしたように言う。

「ふーん。まあ、助けてやってもいいぜ？」

「ほんとでござるか！」

「が、掟は守ってもらわねぇとなぁ？」

「と言いますと？」

「てめぇは、帝都の地下でタービンをぐるぐる回す刑だ。そのだらしねぇ身体を保ってられねぇぐらい延々回してもらうぜぇ？」

「ぐえぇぇぇえ。マジでござるか！　それはもうちょいまからないですかね！　拙者どうにもならない流れに翻弄《ほんろう》されておるだけなのでござるが！」

「いや、そりゃお前。罪は罪だろ？」

どうすればいいのか少し悩む。

だが花川は、食べられてしまう可能性に怯え続けるよりも、苦役に耐えるほうがまだましだと考えた。

それになんだかんだ言いながらも、ヨシフミは花川を気に入っている節がある。

そう悪いことにならないのではと思ったのだ。

「わかったでござる！　どんな罰でも受けますから助けてください！」

花川は、土下座したままヨシフミたちの所まですりよった。

「今の、どうやって動いたんだ？」

「キモイ……」

そして、ヨシフミの後ろに回り込んだ。

ヨシフミの陰から前を見る。クリスが花川を見つめていた。

「ああ……離れて初めてわかるとはこのことでしょうか。私は思ったよりもあなたに執着していたようです。愛していますから戻ってきてください」

「その愛って食材に対してのものでござるよね！　ごめんでござるよ！　さぁ！　あんな奴やっちゃってくださいでござるよ！」

「どういう関係なんだよ、お前ら……。まあいい。レナ片付けろ」

「えぇ？　生き返る奴とかどうしようもないんじゃ？」

「ビビアン。あいつが生き返った仕掛け、何だかわかるか？」

ヨシフミは盾の少女、ビビアンに訊いた。

「なんで私が！」

「役に立たねぇなら石にするだけだ。サーチシールドだかで調べろよ」

「……仕組みは単純。あいつは命のスペアを持ってる。だから対策も単純。スペアがなくなるまで殺し続ければいい」

渋々という様子で、ビビアンは答えた。

「だそうだ。頑張れ」

「えええええぇ!?　あいつも石にすればいいだけでしょ!?」

「あのなぁ。俺は皇帝なのよ。わかる？　こ・う・て・い。なんで俺が前線で戦うんだよ。ここは命令しなくたって、お前が必死になって俺の命を守るところだろうがよ」

「ヨシフミは自分からのこのこ前線に出ていくこともあるじゃん！」

「そりゃ俺がそうしたいと思ったからだ。今はそうじゃねぇんだよ」

「それと！　クリス殿は斬った相手の能力を奪う能力を持ってるでござるよ！　一太刀でも喰らうとそこから、切り崩されるでござる！」

花川はヨシフミたちが勝ってくれないと困る。少しでも勝率を上げるために助言した。

「ちっ……」

ビビアンが舌打ちした。クリスの能力はわかっていてあえて黙っていたようだ。

「らしいぞ。頑張れ」

「はいはい。ようは喰らわなきゃいいんでしょ」

レナが右腕を前に突き出す。

光線が、クリスの上半身を消し飛ばした。

クリスは瞬時に再生する。

だが、レナはお構いなしに、光線を乱射した。

斬られるのがまずいなら近づかないと、遠距離戦を選択したらしい。

「そのスペアってどれぐらいあんの？」

「一万ぐらい？」

「多過ぎでござるね!?」

「まあ。一万ぐらいならどうにかなるか」

「なるのですか!?」

レナは圧倒的だった。

その攻撃が、光の速さだというなら躱《かわ》しようもないだろう。

光が直撃すると、周囲を巻き込んで広範囲が消し飛ぶ。

クリスにはなす術もないかのように思えた。

しかし、クリスの姿が消えた。

「あ！」

花川が気付く。クリスには花川のそばに現れる能力があることを。

レナと花川の間に現れたクリスは、愛用の剣を突き出す。

死角からの、意識の外側からの攻撃。

普通なら躱しようがないそれを、レナは盾で防いでいた。

「あ！　私の盾！」

「借りたわ」

レナは、ビビアンの周囲に浮いている盾を摑んで攻撃を受け止めたのだ。

「言い忘れてましたが！　クリス殿には、拙者のそばに転移するという能力が！」

「言い忘れんなよ。お前ちょっと離れとけ」

ヨシフミが土下座状態のままだった花川を蹴り飛ばす。

花川は通路の奥へゴロゴロと転がっていった。

レナもクリスを花川とは反対側に蹴り飛ばした。

距離をおいたところで、光線の乱射を続行する。

「え？　これ、クリス殿がこっちに転移してきたら、拙者も巻き添えを喰らうのでは？」

「心配すんな。こいつ、蘇生もできるんだってよ」

「いやいやいや！　死ぬのは嫌なんでござるけど!?　クリス殿！　拙者を愛しているとおっしゃるなら、こちらには来ないでいただきたい！」

だが、種が割れた以上、もう同じ手は通用しないだろう。

――いや、しかし、レナ殿は思ってた以上に強いですな……。

どこか舐めていた花川だったが、その実力は様々な能力を得たクリスを寄せ付けないものだった。

「何をやってるのかと思ったけど、面白いことをやってるね」

背後から声をかけられ、花川は飛び上がりそうになった。

そこには誰もいなかったはずなのだ。

「え？　あなたはいったい？」

振り向くと、そこには白いコートを着た少年が立っていた。

「歩いてたら迷っちゃってね。どうしようかと思ってたらなにやら騒がしいからこっちに来たんだ」

「はあ」

「ああ。お構いなく。僕もしばらく見物させてもらうよ」

そう言ってコートの少年は花川の隣に座り込んだ。

戦っているレナとクリスも、見守っているヨシフミとビビアンも、少年の存在には気付いていないようだった。

「いや、そう言われましても……」

いきなり現れた謎の少年だ。簡単に気を許せるわけもない。

「どっちが勝つと思う？」

だが、少年は実に気安く、心の内にするりと入り込んでくるようだった。

「レナ殿ではないですかね？　クリス殿は手も足も出ておりませんし。もう剣もなくなってしまいましたから、斬りつけて奪う能力も使えないでござるよ」

死んでも生き返るが、装備まで復活するわけではない。

剣も光線により消失していた。防具も消し飛んで、クリスはほとんど裸の状態になっていたのだ。

「あっちの子がクリスか。残機は千ってところだね」

「ほら？　一万とか言ってたのですよ？　このまま削られておしまいでしょう？」

「いや。まだクリスって子は本気じゃないよ」

「あれだけ殺されてるのにでござるか？」

突然、レナの光線があらぬ方向へとそれた。

クリスが、手で弾いたのだ。

「天盤喰らいとの統合が急速に進んでるよ。削りきるのとどっちが先かな？」

相変わらず、クリスは光線を躱せてはいない。

手で弾いたのも偶然なのだろう。

だが、光線はクリスの身体を貫けなくなっていた。

直撃しても、消し飛ばなくなっているのだ。

「アアアァアァアアアアア！」

クリスが叫ぶ。

それはレナの攻撃を喰らってのことなのか、それとも統合による痛みでも感じているのか。

クリスの身体が変質を始めていた。

その表皮は黒く、硬質化していく。

背には翼状のものが生えてくる。

指は鋭く伸びていき、鉤爪のごとく変わっていく。

「ちょっと！　何これ!?」

レナがとまどいつつ放った光線が、クリスの顔面に直撃する。

クリスは、無傷だった。

ここに至って、レナの光線は通用しなくなったのだ。

「ああなると、人間が倒すのは無理じゃないかな」

「むっちゃ化け物でござるね……」

「ハナカワ……マッテテ……ミンナタオシテソッチニイクカラ……」

「正気をなくしてるかと思ったら、ばっちり覚えておられるのでござるが！」

「あ、君、ハナカワっていうのか。僕はタクミ。よろしくね」

花川としては、ヨシフミ陣営がどうにかしてくれることを祈るしかなかった。

17話　こいつ一人でそこらへんに置いといても生きていけるんじゃないか？

変貌を遂げたクリスが突進する。

光線が効かないと悟ったレナは乱射をやめ、迎撃するべく構えを取った。

クリスが鉤爪を振りかぶり、振り下ろす。

だが、レナは鉤爪の軌道上にはいなかった。

レナは、クリスの背後に転移していた。レナは、対象とした相手の背後に移動する能力を持っているのだ。

レナの上段蹴りがクリスの後頭部を直撃し、クリスの頭部は吹き飛んだ。

クリスは、振り向きざまに鉤爪を振り回す。

レナは跳び下がり回避し、舌打ちした。クリスの頭部はもう元に戻っていたのだ。

「あれはまだ残機があるからですかね？　あの調子で削っていけばいけるのでは？」

花川は希望的観測を口にした。

「いや、さっきまでとは次元が違う。今の彼女は、天盤喰らい本体のバックアップを受けている状態だ。残機という意味だと天盤、ああ、君には宇宙といったほうがわかりやすいかな。あれは宇宙四、五個ぶんぐらいの命を貯蔵しているから。単純に削っていくだけだとそれこそ天文学的な時間がかかってしまうよ」

タクミと名乗った少年が信じがたいことを言った。

「それはスケールがむちゃくちゃすぎるのではないですかね！　もう想像もつかないのでござるが！」

「天盤喰らいとはそういうものなんだよ。宇宙をまるごと喰らうんだ。喰ったものを全て利用できるわけじゃないし、ゆっくりと消化してはいるけど、それでも宇宙四個ぐらいは常に腹の中に蓄えてるんだ」

「なんだってこんなことになるんでござるか！」

「相手が悪かったね。天盤喰らいの端末から能力を奪ったんだ。それは奪ったというよりも、トロイの木馬を招き入れたに過ぎないんだと思う」

花川は説明した覚えはないが、タクミはクリスがどんな能力を持っているのかを知っているようだった。

「トロイの木馬とかって翻訳でそう聞こえるんでござるかね……」

花川はぼそりとつぶやいた。この世界にも似たような故事があり、それが花川の知る言葉に変換されたのかと思ったのだ。

「僕はさっきから日本語で話をしているよ。ハナカワは日本人だろ？　僕もかつてはそうだったんだ」

「どうりで日本人っぽい顔だと。名前も日本人だからなのですか？」

「うん。名字はもう忘れたけど」

「そういえばタクミ殿はなぜここに？」

タクミは、突然やってきて花川の隣に座り込んで戦いの解説をしていた。

いきなり現れた謎の少年だ。普通なら警戒してもおかしくはないのに、なぜかそんな気にならないのだった。

「探し物があってね。このあたりだと思ってうろうろしてたんだ。思いのほか迷ったけど、ようやく見つかったよ」

「それは？」

「そこの彼が持ってるよ。いや、しかしすごい格好だね。あんなのどこで売ってるんだろう？　特注かな？」

タクミが指さしたのは、ヨシフミだった。

「はあ。しかし、ヨシフミ殿の持ち物ということでしたら、そう簡単には手に入らないかと思うのですが」

単に寄越せといったところで機嫌を損ねて殺されるだけだろう。

ヨシフミから何かを得たいなら、巧みな交渉が必要とされるはずだった。

「まあ、それは今すぐに欲しいってわけでもないし。今は、彼女たちの戦いの行方を見守ろうよ」

レナとクリスの戦いは、多少はレナが優勢だった。

クリスの背後へ転移しての攻撃を繰り返す。

後ろにしか転移しないとわかっていても、常に前からと後ろからの攻撃を意識させることができる。二択を強いられるのだ。

クリスの判断は一瞬遅れ、レナはその隙に攻撃を喰らわせる。

だが、それが通用したのも少しの間だけのことだった。

クリスの顔が増えた。

後頭部に新たな顔が浮き出てきたのだ。

「先ほどまではまだいけるかなぁ、などと思っていたのですが、ここまで化け物じみるともう無理でござるね！」

「君、あんがい許容範囲広いね」

「拙者、エイリアンじみた女怪人とかでもそこそこいける質でござる」

「今はまだ戦いが成立してるけど、それも時間の問題だろうね」

「先ほどの話が本当でしたらそうでしょうなぁ。いくらでも復活するなら、レナ殿には勝ち目がないですし」

「天盤喰らいの端末はそれほど強くもないんだけど、それでも人間じゃ勝てないかな」

クリスは変貌を続けている。

手数が足りないのであれば腕を増やし、機動力が足りないのであれば脚を増やし、攻撃を喰らうのであれば皮膚をより硬質化させていく。

やがてレナでは対応できなくなるのはわかりきっていて、事実そうなった。

クリスの腕がレナを直撃したのだ。

レナはかろうじて防御したものの、派手に吹き飛ばされヨシフミの足下まで転がっていった。

「さすがにもう駄目か?」

「あー、ごめんだけど、これはもう無理かな……」

レナも勝ち目はないと悟ったのか、ヨシフミの質問に悔しそうに答えた。

「ハナカワ……モウチョットダカラ……」

クリスが、花川を見た。

腹と胸にもある顔が、同時に見つめていた。

「ことここに至っては拙者なんてもうどうでもいいでしょうが!」

「あの子、君のことが好きなの?」

「好きは好きかもしれませんが、食べたいとおっしゃってるんでござる!　さすがにそれは御免被りたいのでござるよ!」

「そっか。じゃあ助けてあげようか？」

「え？　どうにかできるので？」

「うん。あれぐらいならどうにでもなるよ」

「いや、しかし、あなた何者なんでござる？　突然現れて、解説しだして、助けてくれるってさすがに怪しく思ってしまうのでござるが？」

なんとなく気を許していたが、よくわからない相手だった。

「同じ日本人のよしみってやつだよ。そんなに怪しまなくても」

「まあ、今の拙者に何ができるわけでもないですし、どうにかしてもらえるのであればお願いしたいところではありますが、後でめんどくさいことに巻き込まれたりしないでござるよね？」

これまでの経験から懐疑的になる花川だった。

「うん。ただの気まぐれだよ。戦って面白い相手でもないし」

タクミが立ち上がった。

そして、ヨシフミたちのそばをするりと通り過ぎ、クリスの前へと辿り着く。

タクミは無造作に右手を伸ばし、クリスの本来の首を摑んだ。

その一連の動作はあまりにも自然で、クリスは一切反応できていなかった。

「なんだてめぇ！　どっから湧いて出やがった！」

やはり気付いていなかったのか、突然現れたタクミを見てヨシフミは驚いていた。

「僕はタクミ。君はヨシフミっていうのかな?」

「何者だよ、てめぇ。そいつをどうするつもりだ」

クリスは、複数の腕でタクミを殴りつける。鉤爪を叩き付け、顎《あご》で喰らいつく。

だが、タクミはそれを気にしていなかった。

タクミの腕は、クリスを摑んだまま微動だにしない。

クリスはさらに変貌を遂げ、さらにいくつもの腕と顎と刃でタクミを引き剝がそうとするが、その一切が通用していなかった。

「レベルが違いすぎるからね。悲しいことに、君がいくら強くなっても僕にはかなわないんだよ」

クリスに、人だったころの面影はなくなっていた。

無数の腕と、顎だけの化け物。

それは、致命的なまでの瘴気を撒き散らしはじめていた。

「君たちじゃこれに対応するのは無理でしょ?　それで提案なんだけど、君が持っている女神の欠片。それを僕にくれないかな。そうしたらこの子をやっつけてあげるよ」

「あぁ!?　てめぇ、なんでそんなことを知ってやがる!」

「封印が解けて、女神の欠片の所在がわかるようになったんだよ。気付いてなかった?」

「てめぇ。侵略者《アグレッサー》か!」

「どうなんだろう。そういうことになるのかな?　で、どうする?」

「渡すわけねぇだろ！　あほかてめぇ！」

「んー。駄目か。君と戦っても面白くもなんともなさそうだし、交渉で手に入るならそれでいいかと思ったんだけど……まあ、ハナカワを助けるって言ったからね。これは始末しておくよ」

唐突に、少年が輝いた。

その輝きは全ての闇を駆逐し、世界を白だけで塗り潰す。

花川は目を押さえ、転げ回った。

あまりの光量に眼が潰れたかと思ったのだ。

ヒールを自身にかけて回復する。光が放たれたのは一瞬のことだったのだろう。花川が目を開ければ、先ほどと変わらぬ場所にタクミが立っていた。

摑んでいたクリスはいなくなっていた。

タクミが消滅させたのだろうと、すぐに理解できた。

「さて。次は、君だ。渡さないっていうなら、無理矢理奪うしかないけど、気は変わってないかな？」

「抜かせや、ボケがぁ！　その程度でドヤってんじゃねぇよ！　かかってきやがれ！」

タクミは余裕の笑みを浮かべて問いかける。

ヨシフミは小物めいた恫喝《どうかつ》でそれに答えた。

＊＊＊＊＊

「もぎょもぎょ」

ベビーがなんだかよくわからないことを言いながら、手を伸ばしている。

夜霧たちは遺跡群の中を歩いていた。ベビーが示す方角へと向かっているのだ。

「確実にどっかを示してるよね、これ」

「若干、下を向いてるかな。地下が目的地？」

「ますます怪しい……」

何かが消失した跡を進んでいく。周囲は謎の船がそこかしこに落ちているという異様な光景になっていた。

「もう、むちゃくちゃだよね……」

「俺が悪いわけじゃないと思うんだけどな」

「うーん。攻撃してくるほうが悪いんだけどさぁ」

しばらく歩いていくと、融けた大地に穴が空いているのが見えてきた。

穴のそばまで行くと、ベビーは下を指さすようになった。やはりこの下が目的地らしい。

「深そうだな。下はよく見えない」

「これ、どうやって下りれば……」

「触丸はもういないしのう」

夜霧はあたりを見回した。

特に役に立ちそうな物は見当たらなかった。

「じゃあやめとくか」

「諦めんの早いね!?」

「さすがに、こんな底も見えないとこに飛び降りられないでしょ」

「ほぎゃあああ！」

夜霧が引き返そうとすると、ベビーが泣きはじめた。

「行きたいみたいだよ？」

「そう言われてもなぁ」

リュックにロープは入っているが、あたりにはロープを固定できそうな場所がない。

重力を殺す奥の手もあるが、そこまでして下りなければならないとも思っていなかった。

「ベビー。納得してくれよ。ここには行けないんだって」

「ほんぎゃあああああ！」

つんざくような泣き声には夜霧も閉口した。

揺らしてあやしてみるも、泣きやむ気配はまるでない。

「わかった！　行くから泣きやんでくれ！」

夜霧の言葉がわかるのか、ベビーはピタリと泣きやんだ。

「俺さ。泣けばどうにかなると思ってる奴が嫌いなんだよ」

「高遠くん……赤ん坊相手に何言ってるの……」

「けどなぁ。これどうやって下りる？」

あらためて穴を見下ろす。

そこには闇が広がっていて、中の様子は窺《うかが》えなかった。

「そんなに行きたいなら、ベビーだけ下ろしてみるか？」

「ほぎゃ!?」

ベビーが信じられないという顔をしていた。

「こいつ、それなりに知能ありそうだよな」

「まあ、ただの赤ん坊じゃないよね」

「なあ。行きたいってのなら何か案を出してみてよ」

夜霧は赤ん坊に訊いた。

「高遠くん。それはいくらなんでも……」

すると、ふわりと身体が浮いた。

夜霧たち三人の足が地面から離れたのだ。

「え？　何これ？」

「超能力……空中浮揚《レビテーション》というやつか？」

「できるなら最初からやればいいのに」

「高遠くん、赤ん坊相手に辛辣《しんらつ》だな！」

「俺は、子供扱いしてないだけだよ」

「赤ん坊は子供扱いしてあげて！」

三人の身体がゆっくりと穴に向かって動きはじめた。

そのまま穴を通って下りていく。

しばらくして、床に着地した。

「暗いな……灯りもどうにかならない？」

「ふんぎゃぁ！」

「できるか！　って言ってる気がする」

「まあ、灯りは何かあっただろ」

夜霧はリュックを探った。

ランタンとマッチがあったのでそれを取り出し、火を灯す。

あたりがぼんやりと見えるようになった。

石畳の床と大きな柱がある。地下遺跡といった雰囲気の場所だ。

「じゃあ、これを浮かせてくれよ。それぐらいしてもいいだろ」

「ほぎゃ」

ランタンがふわりと浮き上がった。

「赤ん坊使いが荒いなぁ」

ベビーが前方へと手を伸ばす。目的地はそちららしい。

歩きだすとランタンもついてきた。

「こんなことできるなら、こいつ一人でそこらへんに置いといても生きていけるんじゃないか？」

「ほぎゃあ！」

「抗議してるよ、高遠くん」

「まあ、いいや。あっちなんだろ」

ベビーが何を求めているのかはわからないが、とりあえずはそちらへと向かう夜霧たちだった。

18話　いいように扱《こ》き使う奴らが一通りいなくなってラッキー！　これで晴れて自由の身だ！

「これいったいどうなるというのでござる!?」

クリスが消え去ったのでそれはよかったのだが、今度はタクミとヨシフミが戦うといった展開になっている。

とまどう花川だったが、すぐにこれはこれで問題ないのではと思いはじめた。

タクミがヨシフミを倒したなら、花川をいいように扱き使う奴らが一通りいなくなるのだ。

タクミは花川には興味がなさそうなので、それで晴れて自由の身だ。

花川は、密かにタクミを応援することにした。

＊＊＊＊＊

女神の欠片がヨシフミの体内にあることを、タクミは察知していた。

なので抜き取ればそれで済む。実に簡単な作業だ。

見たところ、彼我《ひが》の実力差を認識できない程度の雑魚《ざこ》でしかない。タクミの格を見抜けず、吠えているだけの間抜けにすぎなかった。

今は抑えている力を少し解放するだけで、絶命する程度の存在だろう。

まともに相手をするのも馬鹿らしいような相手だが、自信満々のその態度から何を繰り出してくるのか、多少の興味はあった。

「ほらどうした？　さっきの技はどうした？　かかってきやがれ！」

「そうは言うけどさ。僕が何かしたらそれで終わっちゃうよ？　君が何かしたほうがいいんじゃない？　何もしないって言うなら終わりにするけど」

「へっ！　そうかよ！　たっぷりと後悔しやがれやぁ！」

ヨシフミの手にナイフが現れた。

「おらぁ！」

ヨシフミは、雑なフォームでそれを投げつけた。

どうしたものかとタクミは考えた。

ヨシフミなりの本気で投げつけたのかもしれないが、それはあまりにも遅かった。

避けるのは簡単だし、喰らったところで痛くも痒《かゆ》くもないだろう。

――まあ、せっかくだし喰らってあげようか。

だが、タクミの気遣いは無駄に終わった。

その刃は、タクミまで届くことはなく、唐突に消え失せたのだ。

「へぇ?」

予想外だったため、感心した。

では、一度消えて死角からでも飛んでくるのか。

タクミは、楽しみに待ち構えた。それがタクミにダメージを与えられるとは思わないが、現れる時にもう一度タクミを驚かせてくれるのではないかと思ったのだ。

しかし、どれだけ待とうが、ナイフが現れることはなかったのだ。

——僕の体内に転移した……なんてこともないか。

気になったので、タクミは本気で周囲の状況を検索した。

だが、ナイフはどこにも存在していなかった。

この空間に隣接する亜空間まで探しても見つからなかったのだ。

「で?　これがどうかしたの?」

タクミは落胆していた。消えたところまではよかったが、それで何も起こらなければ何も面白くはない。

「お前の負けが確定したってことだよ!」

ヨシフミが、自信満々の下卑《げび》た顔をしたまま近づいてきた。

「だから、なんなの?」

「死ねやおらぁ！」

お互いの拳が届く距離にまで近づいてきたヨシフミは、大げさに振りかぶってからパンチを繰り出した。

「何もないならもういいよ」

ヨシフミの拳がタクミの頬に触れる。

タクミは、少しだけ防御力を上げることにした。

それで終わりだ。触れた拳からヨシフミは消失することになる。

だが、ヨシフミの拳はタクミの頬にめり込んだ。

予想外の痛みにタクミは混乱し、気付けばしゃがみ込んでいた。

「え？」

そんな間抜けな声しか出せなかった。

「おらぁ！」

ヨシフミが蹴りを放つ。

蹴った後に自らバランスを崩してしまうような雑な蹴りがタクミのみぞおちに決まり、タクミは前屈みになった。

息ができなくなり混乱する。

何が起こっているのか、まるでわからなかった。

「弱っちぃなぁ、おい！」

ヨシフミがタクミの後頭部に足を落とす。

タクミの顔面が石畳にぶつかり歪んだ。何度も何度も踏みつけられ、いつの間にか血と吐瀉物《としゃぶつ》の塊に顔を埋めていた。

一瞬、気を失っていたのかもしれない。

これはありえないことだった。

苦痛に呻《うめ》き、気絶するまで打撃を加えられ、為す術がないのだ。

「ば、馬鹿な……」

「おー。やっと喋ったなぁ。いいぜぇ！　もっとだぁ。もっとそーゆーあほみたいなことをくっちゃべれよ！　ありえねー現実を罵倒《ばとう》しやがれよぉ！」

――どういうことだ？　何が起こってる？

タクミはようやく身体を動かした。打撃から身を守るように頭を抱えて身を丸めたのだ。

身を守るはずのオーラが出ていない。

魔法は発動しないし、転移もできない。召喚獣の召喚にも失敗した。

神を倒して得た権能も発動しなかった。

――なんでだ！　なんでこんなことになっている！

もう余裕などありはしなかった。

加えられる打撃に耐えるのが精一杯になっていた。

「無様だなぁてめぇ！　さっきまでの余裕の態度はどうしたぁ！」

攻撃が止み、罵声が浴びせられる。

タクミは、怯えた顔でヨシフミを見上げた。

自分がこんな状況に陥っていることを、まだうまく理解できていなかった。

「訳わかんねぇで死んでいくってのもなんだから、説明してやるぜぇ！」

ヨシフミは嗜虐《しぎゃく》的な笑みを浮かべた。

親切心から説明をするわけではないのだろう。それはより絶望させるための手段でしかないのだとタクミは感じ取っていた。

「こいつは、ワンダリングエッジって言うらしい」

ヨシフミはナイフを見せつけるように弄《もてあそ》んでいる。先ほど空中で消えたはずのナイフだ。

「こいつは過去に飛んでいくナイフで、機能は過去の改変だ」

「なんだ、それ……そんなのあるわけが……」

「あるんだからあるんだろうが、あほかてめぇ。現実を受け入れやがれ」

受け入れられるわけがなかった。

異世界に転移し、神から力を与えられ、成長して力を与えた神を屠《ほふ》った。

その世界だけでは飽き足らず、別の世界に転移して神々を殺し続け、殺神鬼とまで呼ばれるようになった。

神すら超えた自分が、こんな雑魚同然のたかが人間にしてやられるなどあるわけがないのだ。

「確かにてめぇは強かったんだろうなぁ。けどよぉ。てめぇにも弱かった時代はある。そこを狙われりゃ終わりなんだよ。どれだけ強かろうが！　これは防ぎようがねぇんだよぉおおお！」

「ふ、ふざけるな！　そんなことができるわけ――」

「できるからてめぇは今こうやって！　地べたに這いつくばって、石ころしゃぶってんだろうがよぉ！」

ヨシフミが再びタクミを蹴り飛ばした。

つま先が鼻面にめりこみ、吹っ飛ばされる。

鼻血があふれ出て、呼吸すらままならなくなった。

「でだ。こいつで過去のお前を殺すってのは簡単なんだが、そうすると当然だがお前がここにくることはなくなるわけだ。それはそれで楽なんだがつまんねぇよなぁ？　だから俺は、てめぇが力を得るっていう人生をなかったことにした」

「馬鹿な！　そんなわけが……」

だが、急に自信がなくなってきた。

自分は本当に神を倒したのか？

神をも超える力を手にしていたのか？

何が事実なのか、あやふやになってきたのだ。

「けっきょくな？　辻褄《つじつま》があってりゃそれでいいんだよ。てめぇがどっかですげぇ力を手に入れてここに来ていようが、そんな力を手に入れた夢を見て調子にのってこんなとこまでのこのこやってきた凡人であろうが、俺にとっては変わりねぇわけだろ？　これが俺から見た現実ってわけだ！」

「そんなわけがあるか！　君も僕の力を見ただろ！」

「あぁ？　見た気もするが、そんなもん幻覚だったんじゃゃね？　俺はてめぇの攻撃なんざ喰らってねぇし」

「ぼ、僕は……」

力を得て、神を倒した記憶はある。

だが、そんな夢を見ていただけだと言われれば、否定する材料がない。

事実、今のタクミは何の力も使えないのだ。

「そういうわけでだ。超ツエエ俺様と、いい夢見てただけで凡人のてめぇとで勝負再開だ！　せいぜい頑張れや！」

呼吸もままならず、立ち上がることすらおぼつかない。

何が夢で、何が現実なのかがもうわからなくなっている。

タクミは、この状況こそがただの悪夢であってくれと願うしかなかった。

＊＊＊＊＊

それはチンピラの喧嘩とでもいうべき状況だった。

肩がぶつかったと因縁をつけて素人を一方的に滅多打ちにする、ならず者のやり口だ。

ヨシフミがしているのは倒れた相手を蹴りつけ、踏みつけ続けることであり、タクミは頭を抱えて丸くなっているだけだった。

花川は、タクミが圧倒的実力で勝つのだとばかり思っていた。

だが、現実はこれだ。花川は、ヨシフミの力をまるでわかってはいなかったのだ。

しばらくしてタクミはぴくりとも動かなくなった。死んだのだろう。花川にはヒールで回復できるイメージがまるでわかなかったのだ。

タクミに止めをさして満足したのか、ヨシフミが花川のそばにやってきた。

「ハナカワぁ。てめぇ、もしかして俺が死んだらラッキー！　とか思ってたんじゃねぇのか？　あぁ？」

「そ、そんなことはまるで思ってはいなかったのでござるよ？　心の中で密かにヨシフミ殿を応援していたぐらいでござるし！」

「ほぉ？　てっきり俺が死んだら逃げられるとでも考えてるかと思ってたがなぁ」

「いいように扱き使う奴らが一通りいなくなってラッキー！　これで晴れて自由の身だ！　って思

ってた気がする」

少し回復してきたのか、倒れていたレナが言った。

「そういえば、そんな能力を持っておられたでござるね!?」

「そんなことだろうとは思ってたがよぉ……」

ヨシフミが残念なものを見る目になっていた。

「そ、それはともかくとして！　ヨシフミ殿の能力ってなんなんでござるかね!?」

「あぁ？　教えてなかったか？」

「はい、訊く機会もなかったでござるし」

「まぁ隠しちゃいねぇし、隠す意味もねえんだがな。俺の力は超ご都合主義《スーパーヒーロータイム》ってやつだ。どんな力かっつーと、敵を前にするとそいつに勝てるようになる、だな。能力が目覚めたり倒せる武器が出てきたりする」

「……えーと……むちゃくちゃすぎでござるね!?　それって数あるチート能力の中でもぶっちぎりではないのですか!?」

「まあ、何が相手でも負ける気はしねぇな」

「だから、四天王とかヨシフミにとってはどうでもいいし、誰が裏切ろうが気にもしてないんだよ」

レナが立ち上がった。

「ハナカワ。レナを回復してやれ」

「承知したでござる」

花川はレナを回復した。ただの怪我だったのですぐに全快した。

「さてと。じゃあ行くか。世界剣はどっちだ？」

「え？　あ、あっち！」

ビビアンが指さすほうに、ヨシフミたちが動きだした。

＊＊＊＊

――だめだ……こんなのどうしようもない……。

ビビアンはすっかり怖じ気づいていた。

レナとクリスの常軌を逸した戦いに放心し、クリスを消滅させる超越的存在に驚愕し、それを圧倒するヨシフミを見て絶望の淵に沈んだのだ。

ビビアンは賢者がこれほどの力を持っているとは知らなかった。

少しばかり神の力を得たところで対抗しようもないほどの絶対的な力を持っているのだ。

果たして世界剣があったとしても勝てるのかどうか。

世界剣さえあればと無邪気に思っていたビビアンだが、今ではそれも怪しい気がしていた。

敵を前にすると、勝てるような能力に目覚めると言われては、どうしようもない。

これほどの力を持つのだ。

ヨシフミがその気にさえなれば、世界を支配下におくなど造作もないことだろう。彼がこんな辺境の島国ごときで皇帝ごっこをしているのは、世界全体からすれば僥倖《ぎょうこう》なのかもしれない。

ビビアンがそう思うほどに、その力は強大だったのだ。

――このまま世界剣まで渡しちゃったら……。

世界剣だと思ったものはボロボロだった。

だが、それを持ち去った者がいるということは、本物だったのかもしれない。

直すことにより、真の力を発揮するのだとしたら、それをヨシフミに渡してしまっていいものか。

駄目だろうとビビアンは思う。

ただでさえ強いヨシフミがさらなる力を得てしまう。

命惜しさでヨシフミに従ってしまったが、これは最悪の選択かもしれないのだ。

ここで王国の命運が尽きてしまったとしても、ヨシフミに世界剣を渡すべきではないのかもしれない。

――今からでもどうにかなる……。

逃げ出すなり、嘘を教えるなりすればいい。

それで自分は死ぬかもしれないが、さらなる災厄をもたらすよりはよほどましかもしれないのだ。

だが、そう簡単に死ぬ覚悟を持つこともできず、ビビアンは唯々諾々とヨシフミに従っていた。もしかすると、何か奇跡的なことが起こり、自分は死ななくても全てがうまく解決するかもしれない。

そんな、ほとんどありえないような希望にすがってしまっていたのだ。

ビビアンは、ヨシフミたちの先頭を歩いていた。

サーチシールドの示す先に向かうべく案内しているのだ。

石造りの通路を、不自然にならない程度にゆっくりと歩いている。

さほど意味はないだろうが、それぐらいしかできることはなかった。

「あれは何でござるかね？」

突然花川は声をあげた。前方を指さしている。そこにはぽつんと灯りが点っていた。

ビビアンたちの周囲は花川の頭上に浮いている光源が照らしているのだが、その灯りはそれほど遠くまでは届かない。それが何なのかはわからなかった。

「動いてるね。誰か来るんじゃない？」

レナが言う。確かに前方の灯りはゆらゆらと動いていた。

「こんな辺鄙《へんぴ》な場所にある遺跡だというのに、千客万来でござるなぁ」

「どうする？」

「どうするも何も、このまま進めばいいだけだろうが」

ヨシフミは謎の光源を警戒するつもりはないらしい。

そのまま前方の光に向かって進んでいくと、三人の人影が見えた。

そのまま近づいていくと、その正体がはっきりとする。

ビビアンが知っている者たちだった。

「逃げて！」

ビビアンは叫んだ。

彼らも不思議な力を持っているようだが、それでもヨシフミには敵わない。

このまま遭遇すればきっと殺される。

彼らは神の敵かもしれないが、それでもこんなところでヨシフミに殺されなくてもいい。そう思ったのだ。

19話　いないならいないでいいやって出発したんだった

夜霧たちが遺跡の通路を歩いていると、前方に灯りが見えた。

「誰かいる？」

「そうかもね」

「ふぎゃあ」

ベビーの手は灯りのほうを指さしている。あの灯りこそがベビーの目的地かもしれなかった。

ここまで来て引き返すわけにもいかず、夜霧たちはそのまま歩いていく。

すると見知った顔を含む集団がそこにいた。

知っているのは、花川とビビアン。他にはチンピラのような男とやさぐれたような様子の女で、四人の集まりだ。

「逃げて！」

ビビアンが叫んだ。

「え？　どういうこと？」

知千佳が首をかしげた。状況がわからないのだろう。夜霧にもよくわからなかった。

「こいつは賢者で皇帝のヨシフミ！　絶対かなわないから逃げて！」

鋲の付いたジャケットを着た貧相な男がヨシフミらしい。もう一人の女は部下のようだった。

「花川。状況を説明できる？」

夜霧は、どういうわけかヨシフミの仲間面をしている花川に訊いた。

「ええ!?　ここで拙者に話を振るのでござるか！」

「お前が一番この状況をわかってそうだろ？」

「ハナカワ。こいつらはお前の知り合いか？」

「えーと……双方に解説いたします！　まず、こちらの雑魚が粋がってる感じの人が賢者で皇帝のヨシフミ殿でござる！」

「おいこら。死にたいのか？」

「拙者、何を言ってもいいということでしたよね!?」

「お前、まだ道化のつもりでいたのか？」

「違うのでござるか!?」

「まぁ、いいだろう。解任はしてねぇからな」

「で、こっちの不健康そうな顔と格好でいろいろと台無しにしてる女性が、エント帝国四天王のレナ殿です」

「よかったね。先にヨシフミに確認とっといて。それがなきゃ死んでたよ？」

「そして、あちらの方がですね！　拙者のクラスメイトの高遠夜霧殿と、壇ノ浦知千佳たんと、あと一人はよくわからない人でござる！　そしていつの間にか赤ん坊が増えているでござる！」

「高遠夜霧ねぇ……どっかで聞いたな。お前がアオイを潰したって奴か？」

ヨシフミが睨み付けてくる。

眼《ガン》を付けるというやつだろう。実にチンピラっぽい態度だった。

「さあ？　知らない名前だな。もしかして峡谷でロボットと戦ってた人？」

「峡谷？　ハナブサの近くか」

「ああ、それだよ」

「そのあたりならサンタロウだな。やっぱりあれはお前か」

「さあ？　名乗ったわけじゃないから、本当にそうかはわからない」

「で！　高遠殿は何しにこんなとこに来たのでござるかね！　そう！　ピクニックですよね！　ふらふらとやってきただけで、ヨシフミ殿に用事があったりはしないでござるよね！」

「なんでピクニックだよ？　この赤ん坊がこっちに行けって雰囲気だから来ただけで……。でもまあ、賢者がいるならちょうどいい。賢者の石が欲しいんだけど、くれないかな？」

「あああぁぁぁ？　何すっとぼけたこと言ってやがんだ、このボケがぁ！」

ヨシフミが威圧してきた。

だが、さほど怖くはない。雑魚っぽい雰囲気だからだろう。

「ヨシフミ殿！　こんな奴には関わらんほうがいいのでござる！　この高遠って奴は最悪なんでござる！　こいつは何でもかんでも即死させるんでござるよ！　そして殺意を感知してカウンターでその力を使ってくるので、手に負えないのでござる！」

「花川くん、どっちの味方なの？」

「どっちの味方でもござらん！　中立！　中立でござる！　生き残ったほうに従う小判鮫《こばんざめ》野郎なのです！」

花川が開き直っていた。

「即死能力ねぇ。サンタロウを殺したってことは、賢者に通用するってことか」

「そういや、賢者を殺すと、体内の賢者の石が力を失うとかだっけ。それは困ったな」

ヨシフミを殺すのは簡単だが、単純に殺してしまうわけにはいかないのだ。

それは夜霧にとってはかなり面倒な話だった。

――ある程度部分を殺して身動きできなくしてから、ってところか。

ライザの時にやったのと同じ手法だ。今回は触丸がないので解体が難しいかもしれないが、刃物さえあればもこもこがどうにかするだろうと、楽観的に夜霧は考えた。

「殺意を感知して、即死ねぇ……まあ、関係ねーけどな！」

ヨシフミの手にナイフが現れた。

＊＊＊＊＊

ヨシフミは高遠夜霧に脅威を感じていなかった。

なぜなら、超ご都合主義《スーパーヒーロータイム》が反応していないからだ。

超ご都合主義《スーパーヒーロータイム》が新たな能力を提示しないのなら、それはヨシフミが今持っている能力だけで対応できるということになる。

――まあ、念には念を入れるけどな。

ヨシフミはワンダリングエッジを現出させた。

これは対象を完全に消し去る最強の武器だ。

その刃は過去に向かって飛んでいき、対象を過去から存在しなかったことにすることができる。

殺さずに過去改変もできるが、それはあくまで応用だ。

一応は賢者の仇なので、遊ばずに速やかに始末するつもりだった。

ヨシフミはワンダリングエッジを投げつけた。

夜霧に当てるつもりはないので適当な方向に。それは空中で消え、過去へと飛んでいく。

それは夜霧の過去へ、新生児のころにまで遡り、何の抵抗もできない無垢《むく》な身体へと突き刺さる。

それにより、今目の前にいる夜霧は消えていなくなるのだ。

改変前の状況を認識できるのは、ワンダリングエッジを使用したヨシフミのみとなる。

他の者にとっては、最初から高遠夜霧などいなかったということになる。

その際、一人の人間がいなくなることにより様々な矛盾が生じはするが、最終的には辻褄が合うようになっている。時空には復元能力があるらしく、欠けた部分を別の要素で補うようになっているのだ。

ヨシフミは、すぐに違和感を覚えた。

過去が変わるなら、投げた瞬間に効果は発動する。それが当然なのだが、投げて数秒が経っているというのに、夜霧は目の前に立っているままなのだ。

そして、それから何秒が経とうと、何の変化も訪れなかった。

「今の何なの？」

夜霧が首をかしげた。

夜霧はそれを攻撃とは認識していないのだろう。だからヨシフミは死んでいない。

だが、それはヨシフミも何もしていないのと変わらないということだった。

＊＊＊＊＊

ヨシフミがナイフを投げたので戦うつもりかと夜霧は思ったのだが、殺意は感じていなかった。

ならば何のつもりなのかと待ってみたものの、特に何も起こらない。

「今の何なの？」

思わず訊いたが、返事はなかった。

ヨシフミにも想定外のことが起こっているのかもしれない。

けれど、戦いが始まったということなら、夜霧も能力を使ってヨシフミの自由を奪っていくべきなのだろう。

夜霧は力を使うべく、狙いを定めようとした。

部分を殺すのは、普段やらない例外的な使い方なので、集中力が必要になるのだ。

だが、けっきょく夜霧は能力を発動しなかった。

どういうわけか、ナイフがヨシフミの胸に突き刺さっていたからだ。

「何なんだ？」

それはヨシフミが投げたナイフだろう。それがヨシフミに刺さっている。何の意図があるのかがわからなかった。

「さまよう刃ですか。卑怯者の道具ですねぇ」

ヨシフミのそばに女が立っていた。

この場に新たに現れた人物は、夜霧にも見覚えのある女だった。

その頭部には狐《きつね》のような耳が生えていて、艶やかな着物を着崩している。

「あ。狐さんだ」

「え？　知り合い？」

知千佳が驚きとともに訊く。

「子供のころに遊んでもらってた」

「あの人妖怪じゃないの!?　何か頭に耳生えてるんだけど！」

「今思えばそうだね。妖怪だったのか」

狐の妖怪。言われてみればそうなのだろう。

だが、彼女と遊んでいたのはずいぶんと前のことで、記憶も曖昧だ。あらためて見ればそうとわかるが、これまで特に意識することはなかったのだ。

「あほやわぁ。ほんまにあほや。この子が赤ん坊のころを狙うて。それ一番やったらあかんやつやで？」

侮蔑を隠さずに狐は言った。

「何だ？　どうなってる、これは？　どうなってるんだよぉぉおおおおお！」

ヨシフミが叫ぶ。

「狐さん」

「おお！　おおきゅうなったねぇ。元気にしたはりましたか？」

「うん。元気だけど、なんでここに？」

「いえね。その人が、さまよう刃で赤ん坊のころのあんたを狙ってきたもんやから。かうんたーゆーのをやりにきたんですけど」

「狐さんは、どうやってここに？」

「刃の軌跡を逆に辿ってきたんですよぉ」

「じゃあ、俺を連れて帰ったりできる？」

「それは無理ですねぇ。今、ここにいる私はただの影なんですよ。なのでもうちょっとで消えてなくなりますよって」

元の世界からここまであっさり来れるなら帰れるのかと思ったのだが、そう都合良くはいかないらしい。

「じゃあさ。その人の中にある賢者の石っての取り出せるかな？」

「石ですか？　これですかねぇ？」

狐は、無造作にヨシフミの胸に手を入れた。

ヨシフミには何の反応もできなかった。

「ぐっ……てめぇ……よせ……やめろ……」

狐が手を引き抜くと、ヨシフミは倒れた。

狐の手には、丸く透明な石が摑まれている。

「それだよ。帰るのにいるんだ」

狐が石を夜霧に手渡した。

「そうですかぁ。まあ遠出もほどほどにしてくださいねぇ」

そう言うと狐の姿がぼやけていった。

「いや、遠出したくてしてるわけじゃないんだけどね」

夜霧の返事を最後まで聞けたのかはわからなかった。そもそも影らしいので、返事をしたところで意味はなかったのかもしれない。

「え？　いや、その、ヨシフミ殿はどうなったんですかね？　何が起こったのかさっぱりなんですが」

花川はよくわかっていないようだが、夜霧もそれほどわかっているわけでもない。

「ヨシフミ！」

レナが倒れているヨシフミに駆け寄った。

「タカトーヨギリ……これは……」

ビビアンは呆然としていた。

「ああ。賢者のヨシフミってのから賢者の石をゲットしたんだ。ヨシフミはたぶん死んだと思うけど」

ヨシフミを倒すのがビビアンの目標だったはずだ。

部外者の夜霧が殺したのでは納得いかないかもしれないが、それは仕方がないと思ってもらうしかない。

「えっらい、あっさり言うでござるな！　え？　これまでの拙者の苦労は何だったと言うのでござるか！」

「花川の苦労なんて知らないよ。というか勝手にいなくなるなよ」

「え？　もしかして拙者を気にかけてくださってたんでござるかね？」

「そういえば、いないならいないでいいやって出発したんだった」

「だったら気にかけてたようなこと言わないでほしいでござるよ！」

夜霧は手にした賢者の石を確認した。

今までに入手したものと同じものだ。

「ほぎゃほぎゃあ！」

抱っこ紐の中のベビーが手を伸ばし、賢者の石に触れようとしている。

「お前が探してたのもこれなのか？」

「ふんぎゃあ！」

「そうだって言ってるっぽいね」

「なんで壇ノ浦さん、赤ちゃんの翻訳係みたいになってるの？」

「いや、なんとなく？」

触らせていいものなのか少し迷ったが、けっきょく触らせることにした。

ベビーが石に触れる。

するとベビーの手は、石にピタリとくっついた。

そして、石は肉のようになっていき、ベビーの手と融合していく。

「てことは、やっぱりベビーは賢者の石が変化した姿ってことなのか」

石はベビーに吸収されていき、跡形もなくなった。

「これ、石の質量以上に重くなってないか!?」

抱っこ紐で抱えているベビーが重くなっていく。

抱えきれないほどではないが、それでも今までの体重に比べればかなり増加したように思えた。

身体も見る間に大きくなり、髪の毛は肩を越えるほどに伸びている。

人間の子供で言うなら、三歳児ほどにまで成長しているのだ。

「これは、抱っこ紐で抱えるには大きくなりすぎてるような……」

「パパ」

ベビーがはっきりとそう口にした。

「パパって……」

面倒の種がさらに面倒なことになって、夜霧はうんざりした気分になった。

20話　幕間　今さら自由になったところでどうすりゃいいんだ

重人は玲の亡骸を見下ろしていた。

切り落とされた首は、思いのほか穏やかな顔をしている。完全な奇襲だったため、玲は自分が襲われたことに気付きもしなかったのだろう。

玲のことを好きだったはずなのに、驚くほど何の感情もわいてこなかった。

やはり、玲への感情は能力によって操作されていたものなのだろう。

重人は、玲の墓を作ることにした。

恋愛感情はなくとも、クラスメイトだし、ここまでの冒険を共にした仲間だ。

操られていたことについては文句を言いたい気持ちもあるが、亡骸をさらしたままにしておきたいと思うほど恨んでいるわけでもない。

荷物からスコップを取り出し、洞窟の外に穴を掘る。ギフトで身体能力が向上している重人にとってはたいしたことのない作業で、埋葬はすぐに終わった。

埋葬が終わると洞窟に戻り、世界剣の前に陣取る。

重人に与えられた任務は、世界剣の修復までここで待機することだった。

その任務には、世界剣を奪いにやってきた何者かがいれば迎撃することも含まれているだろう。

だが、特に何かがやってくる気配もなかった。

そうするうちに、運命の女《ファムファタル》の能力から解放される感覚があった。

あのクリスという女への思慕の情がなくなったのだ。

「今さら能力を解除する理由もないし……死んだのか、あいつ」

それは、先ほど玲が死んだ時に感じたのと同じような感覚だった。ふと冷静になるような、我に返るような感覚だ。

「ははは……今さら自由になったところでどうすりゃいいんだ」

重人は途方に暮れた。

運命の女《ファムファタル》から逃れたところで、重人にできることなどさほどないだろう。

仲間は皆死んだ。能力もなくなった。残っているのは、一般人よりは多少ましな程度の身体能力と、預言書の攻略情報で集めたアイテムぐらいのものだ。

それだけでもたいしたものだと言う者もいるだろう。

だが、預言書に従って動いていただけの重人にとって、これは茫漠とした空間に放り出されたようなものだった。

身体能力とアイテムだけで、この世界を生き抜いていく方法などすぐに思いつきはしなかったのだ。

「とりあえず……世界剣は持っていくか」

強い剣ではあるらしいが、重人に剣術の心得はない。ただ切れ味がいいだけの剣なら、重人が使ったところで賢者に勝てはしないだろう。

預言書が賢者に勝てると言っていたのだから、何か方法はあるのだろうが、今となってはそれもわからない。

だが、ここまで苦労して入手した剣を置いていく気にもなれなかった。

重人は、世界剣の繭を見た。

ふわりと宙に浮いている水の球。中に浮かぶ剣は形を取り戻しつつあった。

他にすることも思いつかず、その場でしゃがみ込む。

それからどれほどの時間が経ったのか。からりと何かが落ちる音で、重人は目覚めた。

宙に浮いていた水球はなくなり、剣が地面に落ちていた。

重人は剣を拾い上げた。

シンプルで美しい両刃の剣だ。

「何でも斬れそうな気はするな……」

使いこなせないかもしれないが、所有欲をそそる剣だ。もう誰かに渡す気にはなれなかった。

「鞘はないのか」

抜き身のままでは危険だろう。どうしたものかと思っていると、剣は鞘に収まった状態になっていた。

「どういうことだ？」

どういうことなのかわからず首をかしげる。

「お呼びですか？」

「え？」

ナビーがすぐそばに立っていた。

「どうなってんだよ。俺は預言者《オラクルマスター》の能力を奪われて、お前もあの女についていっただろうが。もしかしてあいつが死んで俺に能力が戻ったのか？」

「いえ。あの方に奪われた能力は、あの方が死のうが戻ったりはしません」

「じゃあどういうことだ？」

「なんだかわからないから、説明が欲しいと思われたでしょう？　ですので、世界剣が私を創造したのです」

「訳がわからん……お前は、俺の知っているナビーなのか？」

「はい。あなたのナビーですよ。世界剣は過去の情報を参照し、あなたのスキルとして存在していた私を理想的な説明役として再現したのです」

ナビーが微笑む。

「さて。世界剣についての説明をいたしましょう!」

勝ち誇るように、ナビーは語りだした。

即死チートが最強すぎて、異世界のやつらがまるで相手にならないんですが。

番外編

―書き下ろし―

異影

某県某市の山奥。

陸の孤島とも呼ばれるような場所に、その立地からすれば不自然なぐらいに近代的なビルが建っている。

そのビルの中に、独立行政法人高次生命科学研究所は存在していた。

「で、私らはどうしたもんですかね？」

研究所の地上階。その隅にある休憩コーナーで、高遠朝霞《あさか》と上司の白石《しらいし》は向かい合っていた。

「申し訳ありませんが、やはり村の復旧は難しいということです」

白石がへらへらとした半笑いで言う。申し訳ないという気持ちはまるで伝わってこなかった。

「臨時でここにいますけど、いつまでもこれじゃ駄目でしょう？」

朝霞、夜霧、コリーの二人と一匹は、地下の村から地上階にある会議室へと移動していた。

地下の村は、よくわからない呪いの汚染により、人が住めるような状況ではなくなっているのだ。

「まあ、ＡΩ《アルファオメガ》がこんなろくなセキュリティもないような所で野放しというのは、大問題ではあるのですが」

「今のところは、夜霧くんも楽しそうにしてますけどね」

たいした物もない会議室だが、夜霧からすれば目新しい環境だろう。

今のところ不満はなさそうではある。

だが、いつまでもこの状況が続けば飽きてくるだろう。

研究所内をうろうろとするようになるかもしれないし、外に興味を持つかもしれないのだ。

「それでどうでしょう？　地下には協力者用の部屋がありますので、そちらでしたらセキュリティの問題はかなり解決できるのですが」

「それって、要は独房みたいな所なんでしょ？」

世界一美しいなどというよくわからない能力を持つ女、エステルがいた場所だろう。

扱いとしては実験動物のようなものだったらしいので、あまりいい印象はない。

「閉じ込めようってわけじゃないんですけどね」

「まあエステルさん、自由に出入りしてますけどね。ですけど、それでセキュリティばっちりみたいなこと言われても、とは思うんですが」

「それでも地上階よりはましですよ。下層階に行くにはいくつもの認証を経なければならないわけですし」

「でもですよ？　訳わからん奴が、いきなり地下の村にもワープ？　テレポート？　まあ何でもいいんですけど、来るわけじゃないですか」

「……えーっと……そういった超常的な存在はいったん棚の上に置いときましょう」

天使だとか、世界の王だとかがやってきたり、訳のわからない世界につながったりとかしていたので、地下の村がそれほど安全だとも思えなかった。

だが、そういった存在は滅多にない例外なのであれば、ただ地下深くに存在するというだけで、ある程度の安全は保てるのかもしれない。

「ぶっちゃけますとね。AΩがいくらおとなしくしていたとしても、現状のまま自由にさせておくというのは無理ですよ。それは高遠さんもおわかりでしょう？」

「いやあ、でも夜霧くん、かなり分別はついてますよ？　どうにかなりませんかね？」

「高遠さん。基本的にAΩは封印、隔離しておくべきものであるということはお忘れなく」

「いやいや、でもけっきょく意味ないわけでしょ？」

夜霧がその気になれば、どこからでも、いつでも世界を終わらせることができる。

そんな存在を、地下深くに押し込めたところでさほどの意味はないだろう、と朝霞は思っていたのだ。

「高遠さん……けっきょくはAΩの気分次第なんですよ。なので極力人に会わせるべきではないと、上層部は判断しているわけです」

夜霧に会った誰かが夜霧を不快にさせれば、その人物は死ぬかもしれない。

だが、事はそれだけではすまないのだ。

下手をすれば、人類そのものに矛先が向くかもしれないと、上層部は考えているのだろう。

「上層部ってのがどのあたりの偉い人なのかはわかりませんけど、夜霧くんに会えば気分を害しちゃうかなぁ、とか思っちゃうような人ってことですね」

その上層部とやらは、自分が邪《よこしま》な思いを持っているからこそ、他人も同じようなものだと考えているのかもしれなかった。

「ははは……まあ傲慢で人を人とも思ってないって自己認識ができているからこそ、ΑΩが恐ろしいんでしょうけどね。ま、ともかく、私の一存でどうこうできる問題ではないんです」

「それ、私はどんだけ信用されてるんだ、って話ですよね。私が原因で、人類が全て憎まれるとかって可能性もあったわけでしょ？」

「もちろん、事前の調査はしておりますよ。エントリーシートをいただいた時点で」

「こわっ！　調査って何なの!?」

「他組織のスパイではないかなど、調べておくことは山ほどありますよ。詳細は言わないほうがいいですかね」

朝霞が危険人物ではないかどうかを調べたのだろう。ΑΩを任せていい人物かの調査だ。それは事細かに行われたのだろうと想像できた。

「怖いのでそれはもういいです。で、夜霧くんを具体的にどうするんです？」

「現実的なところでは、やはり地下にいていただいたほうが、となるんですが……まあ、しばらくは現状のままでしょうか。地下の部屋を使うにしても改修が必要かと思いますし」

話はそれで終わりということか、白石は休憩所から立ち去った。

朝霞は、会議室に戻った。

大きな机があり、ホワイトボードやプロジェクターなどがある一般的な会議室だ。

「修羅場のＩＴ業界って、こんな感じなのかなぁ」

しかし、床に布団が敷いてあったり、犬が寝転んでいたり、小学生ぐらいの少年が答案用紙を埋めているのは、あまり一般的な会議室の様子ではないかもしれなかった。

「朝霞さん、おかえり！」

朝霞が戻ってきたことに気付いた夜霧が、顔を上げた。

「ただいまー」

朝霞はそこらにある椅子に腰掛けた。

「宿題終わった！」

「おお。どれどれ？」

答案を確認する。全問正解だった。小学生用ではあるが、これは難関中学校の入学試験レベルの問題だ。大人でも受験対策をしていなければ危うい問題が含まれていた。

「もう小学生の勉強としては特に問題はない状態なんだけど……」

だからといって、小学校に編入させられるわけでもない。

夜霧は一般常識をろくに知らないのだ。今の夜霧は買い物をしたことすらない。普通に成長すれば身につけているはずの知識がないのだ。

そして、それらの知識はこうして閉じこもっていては身につかないだろう。

夜霧が知らないであろうことを、推測して教えるにも限界があるからだ。

――そのあたりは実地で知るほうがいいとは思うんだけど。

外に出て、いろいろとやってみて、失敗して学習する。そうしたプロセスを踏むしかないだろうと朝霞は思っていた。

――けど、ここの人たちはそこまでは求めてない……。

そこに朝霞の思いとの乖離《かいり》がある。

研究所は、夜霧が緊急時に利用できるような都合のいい存在として成長してくれればいいと思っているだけなのだろう。

だが、朝霞は、夜霧を一人の人間として見ていた。いずれは独り立ちできるようになってほしいと思っているのだ。

「うーん。夜霧くんがその気になれば、出ていくことは可能なんだけど……」

邪魔する者を片っ端から殺して出ていくと脅せば、出ていくことは可能だろう。その後の生活を保証させることもできる。

だが、それでは超常的な力を背景に脅すことが当たり前の存在になってしまう。

それは、まさしく人間ではない。そのような思考をする者は、バケモノとしか言い様のない存在だろう。

「どうしたの？」

考え込んでいる朝霞を見て、夜霧が声をかけてきた。

「いやね。地下の村はすぐ直せないらしいんだけど、ここにずっといるのも渋い顔されてるわけなのよ。どうしたもんかと思ってね」

「そうなんだ」

「ま、夜霧くんは心配しなくてもいいよ。すぐ追い出されるとかってことはないから」

「じゃあ、遊ぼうよ」

夜霧はそれほど気にしていないのか、無邪気な様子だった。

「じゃあ……ああ、大型プロジェクターがあるから、これにゲームを映してやってみようか！」

天井からスクリーンを下ろし、ゲーム機を接続する。

周囲が明るいままでは多少見づらいので、照明を消した。

「おお！　大迫力だね！　ホームシアターが欲しいって言ってたけど、これで音響面をどうにかしたら実現できそ――ん？」

「何？」

「廊下に誰かいた気がして」

この会議室は廊下に面している部分がガラス張りになっている。

一応、ブラインドで遮蔽できるようにはなっているが隙間はあり、廊下を通る人の気配ぐらいはわかるようになっていた。

「まあ気のせいかな。そもそも暗くてよくわかんないし」

それが気のせいでなかったことがわかるのは、それほど先のことではなかった。

＊＊＊＊

ＡΩに関することは、この研究所内では最重要機密として扱われている。

なので、夜霧が地上階にある会議室に逗留していることも秘されていた。

だが、人の口に戸は立てられない。それが何かを詳しくは聞かされなくとも、そこに近づいてはならないということはそれとなくわかる。

だからなのか、朝霞と夜霧のいる会議室に人が近づくことはない。

ないはずなのだが、人の気配が時折するのだ。

そして、その頻度は増えていた。

ここに朝霞たちが来てから一週間ほどが経っている。

今では夜になれば必ずといっていいほど、廊下に何かがいる気配がしているのだ。

「うん。やっぱなんかいるし！　てか、これって村にいた奴じゃないの!?」

夜中にふと目が覚めた朝霞は気付いた。

地下の村では夜になると、黒い影が現れた。家の中にいて戸締まりをしていれば危害を加えてくることはなかったので、そのうちに慣れてしまっていたが正体は謎のままだったのだ。

――あれは、地下の村にいる地縛霊みたいなもんかと思ってたんだけど……。

だが、ここにまで出てくるとなると、別の可能性に思い至る。

黒い影は、夜霧のもとへやってくるのではないかということだ。

――うーん、まあ、入ってこないのならいいか！

建物内に侵入しているのは不気味だが、会議室の中にまでは入ってきていない。

とりあえずはそれでいいだろうと、朝霞は再度の眠りにつくのだった。

＊＊＊＊

「その状況で眠れるって、高遠さんの図太さは相当なものですね……」

「そりゃ。地下の村でも最初は怖かったですよ？　けど、どうせ入ってこられないわけじゃないですか。そのうち慣れてしまってですね」

「それが図太いっていうんですよ」

今日も、休憩コーナーで朝霞と白石は話し合っていた。朝霞はここ最近の異変について報告しているのだ。

「その影の影響は確実に出てきています。スタッフの中にも目撃者が多数おりまして」

「あれって、人を襲ったりとかするんですか？」

「今のところ被害はありません。気付けばそこらにぼんやりと立っていたり、視界の端を歩いていたりといった程度なんですが……」

「程度って言われても……そんな状況で仕事できますかね？」

それらは気のせいではなく確実に存在するのだ。今は危害を加えてこないとしても、不気味で仕方がないことだろう。

「そうですね。まあ、そうは言っても出てくるのは夜になってからなので、定時で仕事を終えて帰ればさほどの影響はないとも言えるんですが」

「あ、なんかホワイトになってるだけだった。で、あれってなんなんですか？」

「わかんないですね。昔から地下の村でも出現していたんですよね？」

「今さらそんなこと私に訊いてるってことは、地下の村でのこともよくわかっていなかったと」

「手書きのレポートだけではさすがに」

「家に入ってこようとしてたみたいですけど、無理に入ってくることはなかったのでたいした力はないんですかね」

「そのあたりはよくわかりませんね。怪異の類には招かれないと入れないという制限があるなんてのは、よくある話ですし」

「どうするんです？」

「ＡΩに関連した出来事なのは間違いないのでしょうが……どうしたものですかねぇ」

「私に訊かれましてもね……」

「とりあえず、一族の方に連絡を取ってはいるので」

朝霞からすれば眉唾ものの話ではあるが村には結界とやらが張ってあり、その構築を行ったのが夜霧をおかくし様と呼んでいる一族とのことだった。

「様子見ですか」

「ですね」

話は終わりのようなので、食料品を入手してから朝霞は会議室に戻った。

そろそろ日が暮れる。日が暮れれば奴らが現れる。

それは時間だけの問題だ。屋内であろうと関係はない。照明が煌々と照らしていようとそれは現れるのだ。

「ただいまー」

「おかえりー」

ここでは凝った調理などはできないので、インスタント食品を用意する。ポットでお湯を沸かしてそそぐだけなら、この環境でも問題はない。

「夜霧くんは、外にいるのが何かわかる？」

カップ麺を食べながら、朝霞は訊いた。

「わかんない。昔から見かけるけど」

「うーん、だんだんエスカレートしてる気がするんだけど……」

地下の村では慣れてしまっていて、外を確認するようなことはなかったので、詳しくはわからない。だが、地下の村よりも気配が増えているようなのだ。

簡単な食事を終えた朝霞は、ブラインドを上げてみた。

「うわっ！」

朝霞は混乱した。普通ではありえないことが、そこで起きているからだ。

なぜか廊下は暗く、そこには無数の影が立っていた。

照明は点いているはずだった。なのに、そこは暗いとしか思えず、人の形をした闇がぼんやりと立っている。

「えーと、幽霊大混雑？　押しくらまんじゅう？　いや、そもそも幽霊なのかどうかもわかんないんだけど」

「本当だ。いっぱいいいるね」

夜霧が隣にやってきた。怖がるわけでもなく、興味津々といった様子だ。

「これ、どうしたらいいんだろ……特に何かしてくるわけでもないし……あ！」

スタッフは定時で帰宅しているのでさほど問題がないようなことを白石は言っていた。だが、警備員などはどうなのか。

普通のビルにでも警備員は常駐しているのだから、世に出せないような機密を扱っているこの研究所には当然いるはずだろう。

「あー、でもどうかな……この研究所、人間としか思えないロボット作れるぐらいだし、警備もセキュリティシステムとかで自動化されてるとか……」

そうは思うも、もし、こんな状況に巻き込まれている人がいるのだとすればたまったものではないだろう。

朝霞はガラス壁に耳を当てた。この会議室は防音性が高いが、何か聞こえてこないかと思ったのだ。

朝霞は、悲鳴のようなものを聞いた気がした。

「夜霧くん。外に出ても大丈夫だと思う？」

「うん。僕が朝霞さんを守るよ！」

「おおう……頼もしすぎて、なんだかわかんない影の人が心配になっちゃうけど……えとね。外に人がいたら困ってるかと思うし、様子を見にいこうと思う」

「わかった！」

朝霞と夜霧は扉の前に向かった。

覚悟を決めて、扉を開く。

影がなだれこんでくるようなことはなかった。どちらかといえば、少し離れていったようにすら思える。

「うわぁあああああ！」

悲鳴が聞こえてきた。気のせいではなかったのだ。

「行こう」

廊下に出る。やはり、影は近づいてはこなかった。

悲鳴のほうへと向かう。警備員の制服を着た男が廊下の隅にうずくまり震えていた。

「大丈夫ですか？」

「ぎゃああああ……え？」

人が来るとは思っていなかったのか、警備員はきょとんとした顔になっていた。

「え、その、人間……ですよね？」

「はい。声が聞こえたので来たんですが。何がどうなってるかとかわかります？」

「まったくわかりません……」

「ですよね……他にも誰かいますか？」

「このエリアは私だけです。詰め所には後二人いるはずですが」

「そっちの様子も見にいきましょう。ついてきてください」

どうしていいかはわからないが、とりあえずは詰め所に向かう。

影は近づいてはこなかった。朝霞たちが移動すると、離れていき道を開けるのだ。

「これ、何なんですかね……」

朝霞に訊かれても答えようがない。この事態をどう収拾すればいいのかと考えていると、轟音が鳴り響いた。

「え？　何？　爆発？」

「エントランスのほうですね」

朝霞よりもこの施設に詳しい警備員が言うのだから、そうなのだろう。

「まあ、今さら無視もできないし……」

朝霞たちはエントランスに向かった。

受付と簡易的な応接コーナーがあるぐらいのその場所には、瓦礫が散乱していた。

ガラス製のエントランスドアは、完全に吹き飛んで壊れてしまっている。

そして、それをしたのであろう者が研究所の外に立っていた。

「え？　あれ、何？　コスプレ？」

軍服のような服を着た、高校生ぐらいに見える少年だ。その背後には、黒くて大きな翼が見えていた。

「ぎゃははははっ！　闇と死と神の気配！　たまんねぇな！　これだけの御魂《みたま》を取り込めば俺はどうなっちまうってんだよ！」

哄笑《こうしょう》していた。とてもご機嫌なようすで、朝霞たちには気付いていないようだった。

「テロリスト……ですかね？　くそっ！　研究所って狙われたらどうしようとか、ちょっと思ってたんだよなぁ……」

警備員の男は、こんな場所に配属されたことを悔やむようにぼやいた。

「そうですよね。何の研究やってるかわかんないですけど、研究所って襲撃されたり、バイオハザードになったりして、警備員とかやられちゃうイメージですよね……」

「ほお？　人間か。普段なら人間など相手にしないところだが……喜べ人間！　これから神へと上り詰め世界を支配する俺様が、直々に喰らってやろう！」

少年がこそこそと話している朝霞たちに気付いた。

「いや、やめといたほうがいいですよ？」

この先の展開が見えた気がして、朝霞は忠告した。

「ふん。貴様のような年増など誰が喰らうか！」

「あぁ!?」

癪に障った朝霞は思わず少年を睨んだ。

「俺が喰うのは、そっちのガキ――」

少年が言えたのはそこまでだった。

少年は唐突に倒れ、二度と動かなくなった。

＊＊＊＊

研究所の外で朝霞と夜霧が待機していると、すぐに白石が駆けつけてきた。

「すぐ来てくれたのはありがたいんですが、白石さんも定時で帰っちゃってたんですね」

「いやぁ。今時の労働規制はなかなか厳しいものがあるんですよ」

「悪の研究所のくせに働き方改革とかやってんですか？」

「やってることの善悪はひとまず脇に置いておくにしても、我々も世間の流れには逆らえないんです」

「で、これ、何がどうなってるんですかね？」

「一族の方の話によりますと、影は神霊の成れの果てではないかと」

「神霊？」

「私も詳しいわけではないのですが……神だの妖怪だのというのは本質的には不死身ということらしいんです」

「はあ」

朝霞は、だからなんなんだという気分になった。あまりに自分の日常とは関係がなさすぎてどうでもいいと思ってしまったのだ。

「死のうが滅ぼうがどこかから湧いて出てくると。で、そんなことを延々と繰り返していくと、その精神は摩耗していき、自分でもなんだかわからないものになっていくんだそうです。最終的に残るのは、もう死にたい。消えてなくなってしまいたい。という感情らしくてですね」

「え？　じゃあ、あれって……」

「はい。殺してもらいたくてやってきてるらしい、と。まあ、話を聞けるわけではありませんので推測にすぎないんですが」

「夜になると出てくるとか、家に入ってこないとかはなんなんですか？」

「さあ。そのあたりは私に訊かれましても。オカルトの専門家ではありませんし」

「ですよね。で、羽の生えてた人は？」

「妖怪……なんですかね？」

「妖怪……まあ、世界の王とか、天使とかいますし……集まってきてた何かを取り込むみたいなことを言ってましたね。そういえば」

「しかしですね。今回のようにＡΩに引き寄せられるようにおかしな者がやってくるということですと、やはり霊的な守りのない地上階にいていただくわけには……」

「地下の結界もたいして役に立ってなかったような？」

「でも、地上よりはましでしたでしょう？」

「まあ、そう言われると。じゃあ、その結界をこっちに持ってこられないんですか？」

「それもなかなかに手間がかかるそうで、そう簡単には……」

白石が言葉尻を濁す。どうにか地下に押し込めたいということだろう。

「だったら、大丈夫だよ。黒い人は殺していいんだよね？」

夜霧が朗らかに言った。

「え？　うーん……」

少し迷う。生き物ですらない、なんだかわからないものの生死についてなど判断しようがない。

「まぁ……死にたいのなら？　だめもとで訊いてみる？」

「わかった」

夜霧が研究所へと歩いていく。

すると、ぞろぞろと影が研究所から現れてきた。やはり夜霧のもとにやってきているようだ。

「死にたい人はこっちに来て」

夜霧が右側を指さす。すると、影は一斉にそちらへ向けて移動しはじめた。

朝霞と白石が呆気にとられながら見ていると、右側へと移動した影は次々に消えていき、やがてそこには何もいなくなった。

「朝霞さん！　これでいいかな！」

「……いいんじゃないかな！」

こんなことでいいのかとは思ったが、自ら望んで消えたのだからそれでいいのだろうと納得するしかなかった。

あとがき

8巻です！

7巻で言ってましたように、記録更新です。まことにありがとうございます！　まだ更新していけそうですので今後もよろしくお願いいたします。

また、カバーのそでコメントにも書きましたが、この本で私の書いた本は20冊目になります。デビューから6年ちょっとですね。

ペースは若干遅い気がしないでもないですが、6年続いてるのはそれなりに凄いのではないでしょうか！

しかし、8巻も書いているとあとがきに書くことがなくなってきて困りますね。

ですので、とりあえず今までの振り返りと既刊の宣伝がてら、出版作品を紹介してみます！

ホビージャパン：HJ文庫
・『姉ちゃんは中二病』1〜7

アース・スター　エンターテイメント：アース・スターノベル
・『大魔王が倒せない』１～３
・『即死チートが最強すぎて、異世界のやつらがまるで相手にならないんですが。』１～８
・『美脚ミミック、ハルミさん～転生モンスター異世界成り上がり伝説～』１
双葉社：Ｍノベルス
・『二の打ち要らずの神滅聖女～五千年後に目覚めた聖女は、最強の続きをすることにした～』

こんな感じです。

で、最新シリーズが『二の打ち要らずの神滅聖女』でして、１月30日に発売されております。イラスト担当は、霜月《しもつき》えいと先生です。カバーイラストはすごくかっこいいですよ！

全ての敵が即死！　戦闘シーンはほとんどなし！　というのばかり書いていると、たまには敵をぶん殴ってやっつけるようなのも書きたいなー、という気になってきて書いたものです。

このお話も、主人公最強モノですので、こーゆーのが好きな方はこちらも是非お手にとってみてください。

私の作品はどれも同じようなノリですので、即死チートを面白いと思ってくださってる方は楽しめるのではないかな、と思います。

あと、こちらの作品は高田慎一郎《たかだしんいちろう》先生によるコミカライズも決定しております。漫画版もむちゃくちゃ面白いですので、こちらもよろしくお願いいたします。

それと、納都花丸《なんとはなまる》先生による即死チートのコミカライズ『即死チートが最強すぎて、異世界のやつらがまるで相手にならないんですが。―AΩ―』も、コミック アース・スターにて好評連載中です！

小説版の1巻に相当する1～3巻がアース・スターコミックスから発売中でして、小説版2巻の話になる4巻は春ごろに発売の予定です。こちらもよろしくお願いいたします。


今回も、初回版限定封入購入者特典や店舗特典のショートショートでは、質問コーナーをやっております。

こちら、随時質問を受け付けていますので、お気軽にご応募ください。

今のところはそれほど質問数がたくさんあるわけでもありませんので、あまりにも答えにくいものや、公序良俗に反するもの以外はだいたい採用されます！

応募は、ツイッターや、「小説家になろう」さんの活動報告、お手紙などで受け付けています。

特にフォーマットはありませんので、質問コーナー用だとわかるようになっていれば大丈夫ですよ！

では謝辞です。

担当編集様。今回は年末進行にかぶってしまい申し訳ありませんでした。いつもありがとうございます。

イラスト担当の成瀬《なるせ》ちさと先生。いつも素敵なイラストをありがとうございます。

今回もギリギリで本当にすいません。もうちょっと余裕を持って仕事をしていただけるように頑張りたいです！

次は9巻です！　引き続き応援よろしくお願いいたします！

藤孝《ふじたか》　剛志《つよし》

ひさびさに
制服.

こんにちは、イラスト担当の成瀬です。
8巻でも元気な知千佳たちと会えてうれしく思います。

この作品を担当させていただくようになってから
「知千佳が好きで……」とお声がけいただく機会がちょこちょこあって
ありがたいかぎりです。
ともち━人気すごい！
（ヒロイン……というか味方の固定キャラが少ないですしね……）

9巻でもまた彼ら彼女らを描けるのを楽しみにしています！

成瀬ちさと

EARTH STAR NOVEL

即死チートが最強すぎて、異世界のやつらがまるで相手にならないんですが。 8

発行 ―――― 2020年2月15日　初版第1刷発行

著者 ―――― 藤孝剛志

イラストレーター ―――― 成瀬ちさと

装丁デザイン ―――― 山上陽一（ARTEN）

発行者 ―――― 幕内和博

編集 ―――― 半澤三智丸

発行所 ―――― 株式会社 アース・スター エンターテイメント
〒141-0021　東京都品川区上大崎3-1-1
目黒セントラルスクエア　5F
TEL：03-5561-7630
FAX：03-5561-7632
https://www.es-novel.jp/

印刷・製本 ―――― 図書印刷株式会社

ISBN 978-4-8030-1389-4